マドンナメイト文庫

痴女の楽園 美少女と美熟母と僕

殿井穂太

目次

contents

痴女の楽園

美少女と美熟母と僕

序章

「達ちゃん」
　鈴を転がすような声がした。
　それを耳にしただけで、天木達彦はとくんと胸をうち鳴らす。
　ふり向いた。
　その少女は、愛くるしい笑みを満面に浮かべ、手をふってこちらに駆けてくる。
　弓野真希、十七歳。
　この界隈では名門と名高い、私立のお嬢様高校にかよう女子高生。
　達彦は、そんな真希に手をあげて答えた。
　ますますうれしそうに、真希は白い歯をこぼす。
　背中まで届くストレートの黒髪が、リズミカルに躍った。色白の小顔はイノセントな輝きにみち、まさに天使のようである。

東京に隣接する、X県の巨大ターミナル駅。

帰宅どきのペデストリアンデッキは、大勢の人々でごった返していた。

「えへへ」

近くまで駆けよるや、真希はぴょこんと飛びあがる。

達彦の手前に着地した。

「達ちゃん、ただいま」

なんてかわいい顔をして笑うんだと、達彦は胸をしめつけられた。

学校帰りの真希は、女子校の制服の上に黒のダッフルコートをかさねている。

コートからは制服のスカートがのぞいていた。太腿の半分ほどの場所でヒラヒラと裾をひるがえらせている。

「お、お帰り」

達彦はドギマギしながら、少女に応じた。すると——。

「名前、呼んで」

真希がかわいく求めてくる。

「えっ」

「呼んで、名前」

ニコニコと笑っていた。その場でぴょんぴょんと跳ねてみせる。艶やかな黒髪が、ふわり、ふわりと波打って躍る。

（ああ……）

真希がコートを着ていてよかったと達彦は思った。

もしもブレザーだけだったら、ブラウスを盛りあげるおっぱいが、ユサユサと揺れる眺めにますますうろたえたことだろう。

「早く呼んで。もう一度言うね……達ちゃん、ただいま」

目を線のようにして笑いつつ、真希はもう一度言った。

「あっ、ああ、お帰り……真希」

「きゃあ」

照れながら達彦が言うと、真希は歓喜を爆発させて抱きついてくる。

夕暮のペデストリアンデッキには絶え間なく人が行きかっていたが、人目などこれっぽっちも気にしていない。

「達ちゃんもお帰り。今日もお仕事、ご苦労さま」

腕をからめ、屈託のない笑みとともに見あげられた。

「ああ、えっと……ただいま」

「お帰り、お帰り。わあ、寒いね」

達彦の返事を聞くや、真希は身体を密着させ、彼をうながして歩きだす。

(ち、違うぞ、おい。援交なんかじゃないからな)

ジロジロとこちらに目をやる見知らぬ人々に、達彦は心中で語気を荒くした。

だが、達彦は背広にコート姿。

いかにも会社帰りという二十代後半の若者と、思春期まっさかりの少女のとりあわせは、やはりそうとうな怪しさである。

達彦は、今年二十六歳。

ここから三駅ほどの場所にある、中堅どころのIT企業で営業の仕事をしている。

これでいわゆるイケメンでもあったなら、真希との組みあわせもさほど奇異ではないだろう。

だが、他人のジャッジは言うまでもなく、本人としても容姿で勝負できる人生ではないと、残念ながらわかっている。

行きかう人々の好奇の目も悔しいが、わからないでもない。

「さむさむっ。ねえ、今日はお仕事、どうだったの」

「えっ、仕事……うーん。そうだな……」

甘えたしぐさでよりそう真希に、達彦は今日一日の出来事を話してきかせる。このところ、毎日のようにくり返される、お約束の儀式である。

高架歩道の階段を降り、駅前の繁華街を歩いた。

急激に、闇の濃さが増してくる時間帯。

二人づれのサラリーマンが引き戸を開けると、海鮮居酒屋の中から「いらっしゃいませえ」という店員の元気な声が聞こえてくる。

すれ違う見知らぬ人々の好奇の視線はなおもつづいた。

この先にホテル街でもあったなら、ますますよからぬ関係と疑われてしまうだろうなと達彦は思う。

そう。

誰がどう見ても、奇異なとりあわせであった。まず、誰あろう達彦本人が、これは夢ではないかと毎日頬をつねりたくなっている。

それほどまでに、彼に腕をからめてくる少女は美しかった。

清楚で可憐。

しかも、透明感あふれるういういしさは神々しいほどである。

育ちざかりのみずみずしい肢体は、ほどよくムチムチと肉感的だ。胸もとを盛りあげるたわわなおっぱいは、あらゆる男をいきり勃たせる健康的なエロスをアピールしている。

誰がどう見ても、ふつりあい。

だがまぎれもなく、達彦と真希は恋人同士だ。しかも、結婚前提でひとつ屋根の下に暮らしはじめた、同棲中の恋人だ。

(真希……)

今日一日の出来事を面白おかしく話して聞かせながら、達彦はチラッと少女を見た。

新雪のように肌の白い、和風の顔だちをした美少女だった。

一重の瞳はくりくりとよく動き、美貌にはイノセントな上品さと愛くるしさの双方が宿っている。

決して人工的ではない眉はきりりとし、この少女のまじめさとたおやかさを伝えていた。

すらりと鼻すじがとおり、持ち前の美しさをさらに印象深いものにしている。

そのくせ、ぽってりと肉厚な唇は、男泣かせのプリプリ感。

たまらずふるいついてしまいたくなるのは、決して自分がスケベなせいばかりではないと、達彦は思っている。

「ええっ、そうなの。すごい。ウフフ」

会話をしながら、暗さを増した繁華街を抜け、住宅街に入った。深さを増した闇のせいであたりがよく見えなくなると、真希の声は、さらにうっとりと聞き入りたくなる心地よさを鮮明にする。

「真希はどうだったの、今日は」

「えっ、私……えっと……うんとね、そうそう、あのね――」

達彦の話を聞きたいだけでなく、自分もいっぱいおしゃべりがしたいことは、よくわかっていた。

水を向けると、真希は嬉々として今日一日の出来事を達彦に聞かせる。

大嫌いな初老の男性教師の頭部から、授業中にずるりとカツラがすべり落ちてしまったという話。

仲のいい女友達がバケツを蹴飛ばし、放課後の教室を水びたしにしてしまったという、大失敗のエピソード。

（真希……かわいい）

少女が興奮しながら語って聞かせる愉快な話に一緒になって笑いながら、達彦は今日もぼんやりと、この娘とのありがたい縁を神と仏に感謝した。

真希と知りあったのは、一年ほど前のことだった。

神社仏閣に参拝におとずれては御朱印をもらうことを趣味にしていた達彦は、大勢の会員を擁する巨大ＳＮＳで、そんな自分の御朱印コレクションを公開しつつ、お勧めの御朱印や神社、寺のことを熱く語っていた。

そんな彼のブログには何人ものファンがついていた。

Ｍａｃｋｙというハンドルネームの男性も、熱心にコメントをくれたり、ダイレクトメッセージを送ってきてくれたりするファンの一人だった。

御朱印には、ことのほかくわしかった。

同じ関東圏の人間らしく、関東各地の神社仏閣の御朱印情報には、マニアである達彦さえ舌を巻くほどのものがあった。

そして、そんな交流がはじまってから半年ほどのち。

関東近郊Ｑ県の大きな古寺で、六十年に一度の秘仏御開帳があり、御開帳期間限定の特別御朱印が頒布されるらしい——そんな情報に盛りあがった達彦とＭａｃｋｙは、一緒にその寺をたずねようという話になった。

Ｍａｃｋｙの知識の豊富さと、親しみぶかい人柄にいつしか好感をおぼえるようになっていた達彦は、彼とたっぷりと御朱印談義ができることを楽しみに、待ちあわせ場所の駅へと、いそいそと出かけたのであった。

そんな彼の前に、ハッとするような笑顔とともに現れたのが真希だった。

真希は自分を男性だといつわり、ネット世界にＭａｃｋｙというキャラクターを作って徘徊していたのだと達彦に話した。

——あはは。達ちゃん、超イメージどおり。ずっとずっと、こんな感じの人なんじゃないかなって思いながら、やりとりしてたんだよ。

目の前に現れた美少女に啞然とし、緊張する達彦をリラックスさせようとしているかのようだった。

とまどう達彦とは対照的に、終始真希は楽しそうにあれこれと話をし——。

——カミングアウトできて、ようやくすっきりした。えへへ。

ぺろっとかわいく舌を出した。

そこから交際へといたるまでに、さほど時間はかからなかった。一貫して主導権をにぎっていたのは、達彦ではなく真希である。

達彦にしてみれば、思いもよらない展開だった。

誰に言われるまでもなく、引っこみ思案で小心者。はっきり言って真希のように美しい女性など、死ぬまで縁なんかないのが当然だと思っていた。

しかも真希は、ただ美しいだけではない。

少女である。

女子高生である。

当時はまだ、十六歳だった。

そんなキュートな娘に想いをよせられ、恋人関係になれるだなんて、これが夢のようでないとしたら、いったいなんだというのであろう。

そのうえ真希は、特別な輝きを放つ美少女というだけではなく、可憐な美しさと同時に、生まれついての気品、純粋さとまじめさを持つ娘であった。

かてて加えて巨乳のおまけつきだったが、今はそれは置いておく。

達彦は真希の熱意に押されるかたちで、まだ女子高生である少女と将来を誓いあうまでになった。

はっきり言って、その時点で肉体関係はなかった。今もないけれどそのときも、キスまでしかしていなかった。

それでも真希は親の反対を押しきって、達彦の暮らすおんぼろアパートで一緒に生活をはじめようとしたのである。

ところが、それを知った真希の実母、綾子が黙ってはいなかった。

まだ高校も出ていない娘にそんなことを許したら、亡き夫にあわせる顔がないと主張し、どんなに真希が懇願し、彼女にあおられた達彦が頭をさげても、がんとして許そうとしなかった。

そして、それでも執拗にすがる愛娘の求めに、やがて根負けしたように母親が提示したのが……。

——そこまで言うのなら、達彦さんとうちで一緒に暮らしなさい。

というもの。

自分の目の届く場所でなら、しかたがないから同居生活を許してやるというのである。

——ただし、真希が十八歳になるまでは、結婚はもちろん、身体の関係も絶対に許しません。もしもそんなまねをしたら、その時点で同居は解消。なにがあろうと、絶対に結婚も許さないから。

達彦はそんな母娘の一進一退の激しい攻防のすえ、おんぼろアパートはそのままに、真希の実家で暮らすことになったのであった。

そんな暮らしも、今日で一週間ほど。

もちろん会社の連中には、こんなことは話していない。

そもそも十七歳の女子高生とつきあっているだなどということも、いっさい打ちあけていなかった。


(いったいどうなることやら)


真希とのやりとりに幸せな気分で興じながらも、達彦は心の奥深くで、今日もまたそんな不安をおぼえていた。

母親の綾子は資産家一族の出で、夫が病気で早世してからは、実家の所有する広大な土地に引っ越して、真希と彼女の妹である菜穂という二人の娘を育てていた。

つまり今、達彦は真希と綾子、中学二年生の菜穂という少女と三人で、ひとつ屋根の下で暮らしているのだ。

中学生の菜穂は、多感な時期ということもあるのか、それとももともとそういう性格なのか。愛くるしい性格の姉とは対照的に、かなりクールで人をよせつけないようなところがある。

とつぜん一緒に暮らさなければならなくなった達彦のことも、どこかでうっとうしそうにしているのが感じられた。

真希と同様、美少女ではあるが、あまり笑わず、どこかつんとすましている。

そんな妹の存在も、ちょっぴり目の上のたんこぶだ。

だが、それ以上に達彦を悩ませているのが、母親の綾子である。

(むだに色気がすごいんだもの、お義母さん)

真希とよりそって夜道を歩きつつ、達彦はこっそりため息をつく。

綾子には、そんなつもりは微塵もないだろう。

だが現実問題、愛する少女と一緒に暮らせるのにエッチもできない若者は、三十八歳の熟女がふりまく濃厚な色気に、四六時中ソワソワとさせられた。

さすがは真希たちの母親らしく、男をふり向かせるセクシーな美貌の持ち主。

真希が清楚な大和撫子、妹の菜穂がどこかに影を感じさせるクールな美少女だとするならば、綾子は高級クラブのママのような華やかな美しさに富んでいる。

もっとも、高級クラブになんか行ったことはないが、イメージの問題だ。

しかも、綾子の妖艶な美しさは、四十路間近の熟女ならではのとろけるような完熟味もあわせもっていた。

もっちりと肉感的な女体は、はっきり言って生唾もの。乳房の豊満さも、娘の真希以上のボリュームである。

達彦のひそかな見たてでは、真希のおっぱいはFカップ、八十八センチぐらいはある。

だが綾子の巨乳は、軽くその上をいった。

おそらくGカップ。

九十五センチはあるはずだ。

そんな魅惑の豊乳が、家に帰るたび達彦の前で、たっぷたっぷと無防備に揺れた。

妖艶な微笑も相まって、綾子がふりまく艶めかしい色香は甘美な毒のよう。あらがえる男もそうはいないのではあるまいか。

(着いてしまった……)

今夜もまた、達彦は真希とともに戻ってきた。なかなか落ちついては過ごせない、美しい女ばかりが暮らす広大な屋敷に。

白亜の御殿のような白壁の邸宅は、堅牢な要塞のようだ。

綾子たち母娘が暮らすために建てられたというその家は、竣工からまだ五年ほどしか経っていない。

周囲をぐるりと、高い壁が囲んで下界とをしっかりと区切っていた。門にはインターホンがあり、真希はかわいく達彦に微笑んで、それを押す。

――はーい。

――ただいま。真希。

――あら、お帰りなさい。菜穂、達彦さんとお姉ちゃん、帰ってきたわよ。

ロックの解除される音とともに、綾子のそんな声が聞こえてきた。

門を開けた真希につづいて、屋敷の敷地に足を踏みいれる。

南欧の邸宅をイメージしたという御殿は、浮世離れした豪華さだ。

玄関までつづく石畳の右側には丹精された植栽がひろがり、左手には広々とした芝生の庭がひろがっている。

「お帰りなさい」

重厚な玄関ドアを開けると、綾子がホールに迎えに出ていた。

いや、綾子だけではない。

いかにもしぶしぶという感じで、菜穂も母から離れたところに立っている。

ゆったりとした間取りの玄関ホールは、シックで落ちついた雰囲気。

壁には高価そうな西洋画がかざられ、大きな観葉植物の緑が、センスよくそこここに配されている。

「ただいま。ああ、お腹空いた」

真希は達彦に微笑むと、子供に帰ったようにそう言って甘えた。

「まあ。もう……お行儀の悪い子ね。お帰りなさい、達彦さん」

「あっ、は、はい。ただいま戻りました」

綾子に色っぽく微笑まれ、達彦は背すじをただして緊張する。

卵形の小顔に、セクシーなウエーブを描く栗色の髪がよくあっていた。波打つ髪の先は肩のあたりで、ふわり、ふわりと揺れている。

「さあ、あがって。ご飯にしましょ」

綾子はそう言って、身を固くする達彦に手招きをした。

三十八歳の熟女の笑顔は、今夜も鳥肌が立つほど色っぽい。そのうえ、例のおっぱいも、ユッサユッサととまどうほどに揺れている。

(まいったな)

キャーキャーとはしゃいで靴を脱ぐと、真希は天井まで届くシューズクロークに通学用のローファーを入れた。

達彦が靴を脱ぐと、真希はいつものように、それもクロークにしまってくれる。

「行こう」

「う、うん」

玄関には、達彦用のスリッパもあった。達彦はそれに足をとおし、真希のあとを追おうとする。

(あっ……)

不機嫌そうに立っていた菜穂と目があった。

いかにも中学生らしい、痩せっぽっちの少女である。

ひんやりとした冷たさを感じさせる、イノセントな美しさ。だがそこには、隠しようのない幼さも色濃く残っていた。

髪型は、鳥の濡れ羽色をしたキュートなショートボブ。そんなヘアスタイルのせいもあり、どこか中性的な魅力をたたえている。

「こ、こんば——」

達彦は笑顔を作り、挨拶をしようとした。

しかし、菜穂は顔をそむける。

挨拶の言葉など、聞きもしなかったとでも言うかのように、彼の前を離れると足早に母と姉の背中を追った。

(やれやれ……)

達彦は苦笑いをした。

「達ちゃん、早くう」

「はいはい」

奥から声をかけてくる真希に答える。

達彦は今夜もまた、居心地の悪さをおぼえながらも、こうして弓野家の住人になった。

第一章　美熟女の寝室

1

「達ちゃん、んっ……」

「ま、真希、むんぅ……」

……ちゅう、ちゅぽ。ピチャ。

闇の中にひびくのは、熱っぽいキスによる粘着音。秘めやかなその音は、明かりの落ちたリビングルームの中でした。

高価な革張りのソファ。

若い二人が、狂おしく抱擁しあっている。濃密な闇を味方につけ、パジャマに着がえた達彦と真希は、官能的な接吻にふける。

「アン、達ちゃん……好き……大好き……んっんっ……」

……ちゅぱ。ぢゅる。

「おお、真希……」

「達ちゃんは、達ちゃんは」

「愛してる。真希、愛してる」

「ああ……私も……達ちゃん、大好き。んっ……」

熱烈なささやき声で互いに愛を伝えながら、もの狂おしく唇を吸いつかせた。清楚な少女は瞳をうるませ、甘い吐息を達彦の顔に降りそそがせる。

ぽってりとした朱唇がしどけなく開いていた。

いとしい男とキスにおぼれる恍惚を、ゾクッとするようなエロスとともに闇の中で達彦に伝える。

広大な館はしんとして、物音ひとつ聞こえない。

時刻はすでに、午前一時。

綾子も菜穂も、それぞれの部屋でとっくに眠っているはずだ。

そんな美しい同居人たちの目を盗んでの愛の交歓だった。

真希は二階の自分の部屋、達彦は一階に与えられた部屋で寝起きしていたが、スマートフォンで連絡を取りあって、今夜もまたおやすみのキスをかわしていた。

「ああ、真希……」

達彦は甘やかな針のむしろにいる気分だ。

キスはうれしい。

真希はかわいい。

だが、どんなに熱烈にキスをしても、そこから先には行けないというのは、やはりちょっとした生き地獄である。

「お、おっぱい……触りたいな……」

「だめ……達ちゃん、だめ……」

美少女の唇から口を離すと、万感の思いとともに達彦は訴えた。

しかし、真希の返事はいつもと同じだ。

目こそとろんとうるませているものの、必死に理性をかき集める顔つきになり、かわいく顔を左右にふって、達彦の求めをきっぱりと拒む。

「ほんとは私だって……」

恥ずかしそうに顔をうつむけ、少女はせつない想いを露(あらわ)にした。だがすぐに、そんな本音を心の奥へと封印するように表情を変え――。

「でも、そんなことしちゃったら……もう我慢ができなくなっちゃって……」

「真希……」

「そんなところを、もしもお母さんに見つかりでもしたら、私、達ちゃんと結婚できなくなっちゃうよう。いや。そんなのいやだもん」

「あっ……」

真希は両手をひろげ、達彦にむしゃぶりついてくる。

思春期の若さにまかせた勢いに、達彦はバランスをくずしかけ、ソファに背中をあずけた。

（うおお……）

たまらず間抜けにうめきそうになる。

むしゃぶりつかれたということは、身体が密着するということ。

真希はわかっているのだろうか。

達彦が触りたくて触りたくてたまらない、魅惑のおっぱいがたぷたぷと彼の胸板にくっついてはずむ。

（くぅ……勃っちゃう……）

いとしい少女にこんなことをされたら、おとなしくしていろというほうが無理というもの。

パジャマのズボンとボクサーパンツの中で、欲求不満の肉棒が今夜もふらちにムクムクと硬さと大きさを増してしまう。

「あっ……」

そんな陰茎の卑猥な変化に、真希はハッとしたようだった。あわてて達彦から身を離し、反射的に彼の股間へチラッととまどいの視線を向ける。

「ごめん、真希……」

達彦は恥ずかしくなり、両手でそっと股間を隠した。

男という生き物の愛なるものは、いつだって性欲というおまけつきである。

プラトニックにふるまえればよいが、勃ってしまうものは勃ってしまうのだから、どうしようもない。

「わ、私こそごめん……つらいよね。私にこんなことをされたら……」

真希はソファから立ちあがり、うろたえたように達彦と距離をとった。

どうしたらいいのかと、困惑しながら考える顔つきで、口もとに手を当てたり、髪を梳いたりしてわたわたとする。

「キスとか……ギュってしたりとか、しないほうがいい？」

「そんな……」

思いつめた表情で問われ、達彦はかぶりをふった。

キスやハグをしてしまうと、どうしても性欲は高まってしまう。

だが、だからと言って、それすらもできなくなってしまったら、よけい悶々と苦しくなるだろうことは火を見るよりも明らかだ。

「あと半年……ううん、もう、あと五カ月だから」

真希は闇の中でその目をキラキラとさせ、説きふせるように達彦に言う。

「真希……」

「あと五カ月で、やっと十八歳になれる。そうしたら……そうしたら……」

「あっ……」

こらえきれなくなったのだろう。

またしても真希は、達彦の胸に飛びこんだ。

自分はこの少女に、これほどまでに愛されているのだとよくわかる、熱烈きわまりないハグだった。

それでも乳房を押しつけることだけは、自重しているような動きでもある。

「そうしたら……ぜんぶあげる。達ちゃん、もらってくれる？」

せつなささあふれるささやき声で、真希は自分の気持ちを訴えた。

それでもまだまだ足りないとばかりに、いっそう両手で達彦を抱き、甘えるように
スリスリと彼に何度も頬ずりをする。

「ま、真希……」

「もらってね。でも、その日まで……ね、お願い。二人でがんばって我慢しよ」

自分より九歳も年下なのに、この娘はなんとおとななのだろうと達彦は思った。

キスをしたり、抱きしめあったりするたびに、卑猥な欲望の虜になる自分のことが
恥ずかしくなる。

「ね、達ちゃん」

「あっ、ああ……」

眉を八の字にして見つめられ、達彦はこくりとうなずいた。

そんな恋人の反応に、真希はうれしそうに破顔する。

「達ちゃん、大好き」

もう一度ギュッと抱きついた。またしてもおっぱいが、ムギュリ、ムギュリと押し
つけられる。

（おおお……）

思わず少女を抱き返し、達彦は彼女を押したおしそうになった。

そんな衝動を必死にこらえる。

温かで量感あふれるおっぱいが、そんな達彦の胸板を弾力的に何度も押した。

2

「ふう……」

かわいく手をふり、階段をのぼる真希と別れた。長い階段はうねるように階上へとつづいている。

貼りつけていた笑みを顔からはがし、達彦は重苦しいため息をついた。

毎晩思うことだったが、まるで蛇の生殺しのようである。

綾子は愛娘と破局させたくて、自分をこんな地獄へと引きずりこんでいるのではあるまいかと、被害妄想すら抱いてしまう。

「五カ月なんて、長すぎだよ」

どんよりと気分を重くして、思わずくりごとをこぼした。

闇の中を力ない足取りで、自分に与えられた部屋へと戻っていく。

白亜の御殿は、闇の中でも別世界さながらのゴージャスな広さを見せつけた。

なにしろ、つい先ほどまで真希といたリビングルームなど、四十帖の広大さである。

しかも二階には二階で別のリビングもあり、そちらも三十帖という、笑うしかない豪奢さだ。

リビングルームが二つ、洋室が三部屋、和室が二部屋。一階と二階が吹き抜けになっているせいもあり、とにかくだだっ広さを感じさせる。

うねる階段を右手に見つつ、達彦は一階の廊下を歩いた。しばらく行った突き当たりが、彼に与えられた十二帖の和室である。

そしてその左隣には、この家の主（あるじ）、綾子が一人で使っている十八帖の洋室がある。

「あぁ……」

（……えっ）

引き戸を開け、和室に入ろうとした、そのときだ。

思いがけない声を聞き、達彦はギョッと身をすくめる。

（な、なんだ。なんだなんだ。あっ……）

「あぁァ、あッ、んはァァ……」

(――っ。こ、この声って……)

引き戸の取っ手に指をかけたまま、達彦は左手を見た。

目と鼻の先にあるのは、綾子の寝室。

厚い木のドアが部屋と廊下を隔てている。

ところが――。

「あっ……アァン、はあぁぁ……」

(おいおいおい)

厚いドアにはばまれ、かなりくぐもったトーンではあった。しかし達彦ははっきりと、ドアの向こうから聞こえてくる艶めかしい声を耳にした。

(お義母さん、まさか……)

達彦は浮きたった。

部屋から聞こえる綾子の声は、今まさに見てはならない秘密の行為が、ドアの向こうでおこなわれていることを生々しく伝えてくる。

(待て。待て待て)

ついフラフラと、綾子の部屋に近づきそうになった。しかし達彦はそんな自分を、かぶりをふって押しとどめる。

このいやらしい声を聞くかぎり、部屋の中で卑猥なことがおこなわれているだろうことは、十中八九間違いがない。

だがだからといって、一介の間借り人が気やすくのぞいていいはずがない。

綾子は今年、三十八歳。

六年前に夫を失って以来、ずっと未亡人として暮らしているという。

真希の話では、言いよってくる男はひきもきらなかったが、彼女が知るかぎりでは、つきあっている男はいないそうだ。

だとしたら、綾子はあの熟れざかりの肉体を、誰の指にも触れさせず、一人で持てあましているということである。

しかしなににしろ、あのムチムチぶりだ。オナニーでもして性欲を発散しなければ、とてもではないがやっていられまい。

「し、親しき仲にも……礼儀あり、だよな……」

達彦は心臓をドキドキとさせながら、自分に言い聞かせるように小声で言った。

なにも知らないふりをして、自室に引っこむのがマナーというものであろう。

しかし――。

「あぁぁぁぁ。あぁぁぁぁぁ……」

「ううっ。お義母さん……」

糸を引くねばっこさで、淫らな声が耳に届いた。そんな綾子のあえぎ声に、たまらず背すじを大粒の鳥肌が駆けあがる。

いつも上品な挙措で、優雅に微笑む熟女だ。生まれも育ちも達彦のような一庶民とは違う女性なのだ。

だが、そうであるにもかかわらず——いや、そうだからこそいやらしい声は、とんでもない破壊力で達彦の理性を粉砕する。

つい今し方まで真希とキスをしたり抱きあったりして、悶々としていたことも大きかった。

（ああ、やめろ）

心の中でそう叫ぶ自分はたしかにいた。しかし気づけば達彦は、フラフラと義母の寝室へと近づいてしまう。

それはまるで、磁石に吸いよせられる砂鉄さながら。こなごなになった理性では、たちうちできない淫力の強さだ。

「あぁぁ、困る。いやぁ、私ったら。ハァァァ……」

（おおお、お義母さん……）

扉の前まで来ると、中から聞こえる艶めかしい声はいっそう鮮明さと迫力を増した。

達彦は思わず四方に目を配る。

大丈夫。誰にも見られてなどいない。

（くっ……！）

そろそろと、ドアのノブに指を伸ばした。

中から内鍵をかけている可能性は、もちろん高い。だが、それでも試さずにはいられなかった。

ノブはひんやりと冷たかった。しかし、それをつかむ達彦の指は、いつしか変な汗をかいている。

ノブをつかむ指に力をこめた。

ゆっくりと、ゆっくりと、慎重にノブを回転させる。ラッチのはずれる小さな音がした。内鍵がかけられていないことをせつに祈った。

達彦は、罪の意識にかられながらも、そっとドアを向こうに押す。

……キィ。

（――っ！　開いた！）

「ああぁん。ハアアァン」

苦もなく開いた厚いドアに、感激しながらもうろたえたときだった。
あれこれ考えさせない強烈さで、せつなさあふれるよがり声が、甘い匂いとともにおそいかかる。

（おおっ、お義母さん、あっ）

甘い匂いのほとんどは、部屋の中いっぱいに満ちる高級化粧品の香りであろう。
だがむせ返るような香りに混じって、なにやら淫靡で生々しい、甘酸っぱいアロマにも鼻腔（びこう）をくすぐられる。

部屋の中は真っ暗だった。

だがすでに、達彦の目は深い闇にもすっかり慣れている。

（うおおおおっ！）

広々とした部屋の奥に、その大きなベッドはあった。

部屋の主はベッドの中にいた。

かけ布団を払いのけ、全身を露にしている。

しっかりと暖房が効いていた。暑いくらいである。

（お、お義母さん……）

達彦は目を見開く。

真希の母親は、達彦の前では一度として見せたことのない、セクシーなネグリジェ姿だった。

ネグリジェはピンク色に見えるものの、正確なところはわからない。

「ハァァアン……」

ムチムチと肉感的な女体が、乱れた夜着をまつわりつかせ、ベッドの上でのたうっている。

「あぁン、困る。困るわ。あぁぁ……」

(ううっ、すごい)

綾子は想像したとおり、自慰行為の真っ最中だった。

人目など、当然まったく気にしていない。広いベッドに仰臥(ぎょうが)していた。分娩台に横たわる妊産婦のように両脚の膝を立て、しどけなく股を開いている。

白いその指は、自らの股間にくぐっていた。ピンク色らしきパンティの中にくぐり、モゾモゾといやらしく蠢(うごめ)いている。

……ニチャ。クチュッ

「アァン、感じちゃう。だめよ、こんなことしちゃ。でも……でも……あああぁ」

(おおお……)

綾子のもう一方の手は、ネグリジェの上からたわわな乳房を鷲づかみにしていた。ブラジャーなど、すでに着けていない。

薄い夜着を道づれにしてふにゅりとひしゃげる乳の先では、しこった乳首がネグリジェをつんととがり芽で押しあげている。

「あっあっ……アァン、どうしよう……あなた……寂しい……寂しいン……」

……クチュッ。ニチャニチャ。ネチョッ。

(うおおおお……)

卑猥な行為は尻あがりに、熱っぽさと大胆さを増していく。

パンティの中で蠢く指は、いっそうネチネチとした激しさを加えた。同時に乳を揉む手にも、言うに言えない内緒の思いがにじみだす。

パンティの中からひびく汁音は、淫靡なねばりと音量を増した。

化粧品の匂いに混じって鼻腔を刺激する香りは、欲求不満な肢体から分泌される官能のエキスのアロマであろう。

生温い湿気に乗ったその芳香にも当てられて、ズボンの中で陰茎が、またしてもムクムクと膨張していく。

こんなふうに綾子の寝室をのぞいたのは、はじめてのことだった。

闇の中なので子細はわからないまでも、豪華そうなドレッサーがあったり、部屋の一隅にはソファのセットやテーブル、テレビなども見える。

「んあぁ、だめ。どうしよう、あなた……見ないで、こんな恥ずかしい私。あぁあ」

(わわわっ)

いよいよ綾子の秘密の行為は、さらに一段階エスカレートした。耐えかねたように身体を反転させ、四つんばいの格好になる。

見られているとは思わずに、高々とこちらにヒップを向けた。

そして——。

「あぁ、我慢できない……我慢できないの。ハアァァン……」

移動途中の尺取虫さながらのポーズになった。

尻だけをあげ、上体をベッドにつっぷした煽情的な体位。

三十八歳の美熟女は、そんな格好で自分の腰に、色っぽく両手を伸ばす。

ふるえる指をパンティの縁にかけた。プリプリとヒップをふりながら、ピンクの下着を一気呵成に膝までずり下ろす。

——ズルッ。ズルズルッ。

「うわあああっ!」

「きゃあああ」

（しまった）

思いがけず目にしたエロチックな眺めに、反射的に声をあげてしまった。

驚いたのは綾子である。

引きつった悲鳴をあげ、パニックぎみに体勢を変える。尻をふって向き直り、目を見開いてこちらを見る。

「いや、あの――」

達彦は完全にフリーズした。出歯亀をしていたことがばれてしまい、天を仰ぎたい気持ちになる。

だが、天など仰いだところでもはやどうにもならなかった。

これでぜんぶ終わりだと、将来がガラガラと崩壊していく音すら聞いた。罪のない真希の笑顔が蘇り、自分がしでかしてしまったことに今さらながら後悔する。

3

「お、お義母さん……」

「閉めなさい」

それでもなにか言わなければと達彦はあせった。言葉など出てはこなかったが、このまま逃げだすわけにもいかない。

綾子は腰が抜けたように、内股になって座っていた。両手で胸を隠しつつ、焦燥したように達彦に言う。

「……えっ」

「部屋に入って。とにかく閉めて。ほら、ドアを」

「あっ……」

「早くなさい」

「は、はい……」

綾子にあおられるがまま、達彦はあわてて部屋に入った。言われたとおりあたふたと、厚い木のドアをもとに戻す。

「す、すみませんでした！」

闇の中で、達彦は土下座をした。

許してもらえるとは思わなかったが、心からの気持ちである。

「つい、出来心です。その……トイレをすませて部屋に戻ろうとしたら……えっと、お、お義母さんの……セクシーな声が聞こえてしまって……」

平伏しながら、達彦は顔をあげた。

綾子はなおもへたりこんだまま、こちらを見ている。

みるみるその顔に、朱色がさしたように達彦には思えた。綾子は両手で口をおおい、困惑した様子で目を泳がせる。

「み、見たの」

「……えっ」

問いかける声はふるえていた。綾子がおぼえたショックの激しさを、そのまま伝えている気がする。

「見たの。ぜんぶ見てたの」

「ぜ、ぜんぶっていうか……」

「見たわよね。私がパンツ下ろしたところ、見たのよね」

「あっ……」

たしかにそれはバッチリと見た。

闇のせいで、パンティの下から現れた眺めまでは見えなかったが、色白で大きなお尻の迫力だけは、いやでも網膜に焼きついている。

綾子はようやく気づいたように、膝のあたりにまるまっていた三角形の下着をもとの位置に戻す。

「お義母さん……」

「見たのよね」

「いえ、あの——」

「見たんでしょ」

「はい……」

「ああ……」

達彦の返事を聞き、綾子は顔をおおった。

そんな動きのせいで、両手に挟み打ちをされたおっぱいが、いびつにひしゃげて前へとせりだす。

(ううっ)

こんな状況だというのに、エロチックなその眺めに、達彦は浮きたった。

くびりだされた二つの乳房は、どちらも乳首でネグリジェを変な方角に突きあげている。

「恥ずかしい。恥ずかしいわ……」

白魚の指で美貌をおおったまま、綾子はかぶりをふった。

年齢はひとまわりも上の女性なのに、羞恥にふるえるその姿は、なんだかやけに愛らしい。

「すみませんでした」

達彦はもう一度、額を床に擦(こす)りつけた。

勃起をはじめていた肉棒は、すっかりしおしおと力なくしなび、ズボンの中でおとなしくなっている。

「その……お義母さんの声が……あんまり色っぽくて……いけない、いけないって思ったんですけど……どうしても……我慢できなくて――」

「許さないわ」

「えっ……」

明確な拒絶の意志をはらんだ語気に、達彦はけおされた。

思わず顔をあげ、すがるように綾子を見る。真希を失ってしまうかと思うと、今さらながら泣きそうになる。

「お義母さ――」

「私だけ、こんな恥ずかしい思いをするなんて許さない」

「……えっ」

ベッドの上で、綾子は達彦をにらんでいた。

あごをひき、上目づかいにこちらを見て、ユラユラと瞳を揺らめかせる。

「あの……お義母さ――」

「裸になりなさい」

「は？」

「裸になりなさい。早く」

「えっ、ええっ」

思いもよらない命令に、達彦は目を見開いた。

これはいったいどういう展開だ。いったいどういう羞恥プレイだ。

「お、おか、おかおか、お義母――」

「なりなさい。言うことを聞かないと、悲鳴をあげるわよ」

「そんな」

「早くなさい」

綾子の語気には、どんどん怒気が混じりだした。

悲鳴など、あげられてしまってはたまらない。

これほど広大な屋敷である。二階にまで聞こえるかどうかはわからないが、それでもリスクは回避したい。

真希の悲しむ顔だけは、なにがどうなろうと見たくない。

「くっ……」

達彦はその場に立ちあがる。パジャマと下着を脱いでいく。

どうして綾子の前で全裸になどならなければならないのかわからないが、命令にそむくと面倒そうだ。

「まあ……」

ボクサーパンツを脱ぐや、露になった達彦の一物に、綾子は息を吞んだ。

だが、それも無理はない。

情けなくしおれたままのペニスだが、それでも達彦の持ちものが、人並みはずれたものだということはわかるはずである。

雄々しく反りかえると、十八センチほどにもなるまがうかたなき巨根であった。

もっとも、宝のもちぐされもいいところで、恋人である真希にさえ、今のところアピールすらできていない。

「ぬ、脱ぎました……」

思わず顔が熱くなる。両手で股間を隠しつつ、居心地の悪さにかられながら達彦は立ちつくす。

「こっちに来なさい」

「えっ」

「来なさい。言われたことには、一度でしたがいなさい。返事は」

「は、はい……」

イライラしながらの綾子の厳命に、達彦はしかたなくしたがった。

部屋の入口を離れ、ベッドの脇に進みでる。そんな彼の裸身に、熟女の容赦ない視線が飛んだ。

先ほどまで、こちらが綾子を見ていたのだから、こんなふうに見られても、決して文句は言えなかった。

「手をどかして」

ベッドの脇に立つと、綾子が達彦に命令する。

「お義母さん……」

「言ったわよね。一度で言うことを聞きなさい。大声を出しても――」

「わ、わかりました」

達彦はいらだつ綾子を必死に制した。股間からおずおずと両手を離し、恥ずかしい部分を義母にさらす。

「…………」

「そ、そんなにじっと見られたら……」

身を乗りだし、マジマジとペニスを見つめる義母の視線に、いたたまれなさがますますつのった。

「恥ずかしい？」

「は、はい。かなり」

蚊の鳴くような声で答えると、綾子はフッと鼻で笑う。

「それはそうでしょう。恥ずかしい思いをさせているのだもの」

「お義母さん……」

「私がさせられた恥ずかしい思いを、あなたにもさせてやろうとしているのよ。恥ずかしく感じてもらわなければ、こんなことをしている意味がないわ」

そうでしょというように見あげられ、達彦は「はあ……」と恐縮した。

しなびたままの陰茎が、ふりこのようにブラブラと揺れる様は滑稽以外のなにものでもない。

「っ……」

綾子は思わず、憑かれたようにペニスを見た。

そんな自分にハッとしたように、あわてて達彦から目をそむける。火照った美貌に妖しさをおぼえるのは、達彦の気のせいにすぎないだろうか。

「達彦さん」

「あっ……はい」

いきなり呼ばれて、姿勢を正した。

すると、ネグリジェ姿の美熟女もベッドの中で正座をする。両手で乳の頂(いただき)を隠し、乳首と胸のふくらみが見えないようにしている。

「早く服が着たい？」

「き、着たいです」

達彦は何度もうなずいて訴えた。そんな青年に義母は言う。

「だったら……まず私を鎮めなさい」

「……………」

「……は？」

「シ、シズメル？」

思わず聞き返した。

頭の中で、言葉が漢字に変換できない。だが、やがて――。

「あっ……」

――鎮める。

ようやくその漢字が、脳内いっぱいに表示された。

「お義母さん、あの、鎮めるって。あっ……」

問いかけようとした言葉は、途中で止まった。綾子がベッドに、色っぽい動作で仰向けになったのだ。

4

「お、お義母さん、えっと……あの――」

「わかっているでしょ。私はオナニーをしていたの」

恥ずかしさを押し殺すようにして、綾子は言った。

「は、はあ……」

「はじめたばかりだったの。ちっとも鎮まっていないの。もう自分の指でなんかできない。達彦さん、あなたが……私を鎮めなさい」

「ええっ。お義母さん」

そんな馬鹿なと、達彦は詰めよりたくなった。

言いたいことはわからないでもない。だが、自分はこの人の娘と結婚をしようとしている男なのだ。

「い、いくらなんでもそれは——」

「できないというの」

「お義母さん……」

「だったら、真希との結婚はみとめません」

「えええっ。あっ……」

綾子は上体を起こし、もっちりした肢体にまつわりついていたネグリジェを脱ぎすてた。

闇の中に、匂いやかな完熟女体が露になる。

(うおおおっ……)

夜目にも白い、とはまさにこのこと。

いや、違う。いくぶん全体が薄桃色に火照っているようにも達彦には見えた。

「鎮めて、達彦さん」

「お義母さん……」

「苦しいの」

「えっ……」

それまでの命令口調とはトーンを異にした。

今にも泣きそうな、切実さを感じさせる声音である。

「あの……」

「苦しいの。男のあなたにはわからない。こんなところで中断されたら、苦しくってたまらない。ねえ、達彦さんが鎮めて。今夜だけ、今夜だけでいいから……」

「あっ……」

あふれだす言葉には、せつない本音が宿っているかに思えた。

それを証拠にこちらを見るそのまなざしにはいつの間にか、淫靡なうるみが見てとれる。

訴えるように言うと、一度はもとに戻した股間のパンティを、綾子はふたたびズルリと脱ぐ。今度は完全に脚から抜く。

「わわっ。お、おか、おか、お義母——」

「女に恥をかかせないで」

「うわあっ」

こちらを向いたまま、全裸になった美熟女はまたしてもベッドに仰臥した。

もう一度、分娩台に横たわる妊婦さながらの格好になる。

膝を立てた。お願い、ねえ、と言いながら達彦を見る。

白魚の指で顔をおおった。

同時にムチムチした両脚を、大胆なまでに左右にひろげる。

「わああっ」

達彦は、はじかれたように後ずさった。

あられもない股間の眺めを見せつけられたのだから、それも無理はない。

「お、お義母さん……」

「お願い。私をなんとかして。このままじゃ、眠れない。こんなことをするの、はじめてよ。ほんとよ……」

「うおっ、うおおおっ……」

恥じらって顔を隠す上半身と、堂々と局部をさらす下半身のギャップが鮮烈だった。

綾子は美貌をおおいながらも、臆面もなく股をひろげ、卑猥な部分を開帳する。

「あっ……あああ……」

達彦はそんな魅惑の眺めから、どうしても視線をそむけられない。

連日連夜の悶々状態。

このところ、いささか理性が怪しくなっている。そんな状態で、このようなものを見せつけられてはたまらなかった。

(ああ、濡れてる)

のけぞっていたはずが、達彦は少しずつ身を乗りだす体勢になった。

闇にまぎれているものの、まる出しにされた熟女の陰部は、ヌメヌメと艶めかしいぬめりを見せつける。

(オ、オマ×コ……はぁはぁ……お義母さんの……オマ×コ……)

頭の中には、なおもイノセントな笑みを浮かべる真希がいた。こんなことをしていいはずがないことは、誰に言われるまでもなくわかっている。

しかし、もはや達彦は自分を抑えられなかった。

綾子に頼まれてしているのだと、どこかで自分を正当化したくなっている。

(ああ……も、もうだめだ)

「お義母さん……はぁはぁ……お義母さんの……オマ×コ……オマ×コ」

「ハアァァン」

もっとよく見せてくださいとばかりに、達彦はベッドにあがった。脂身たっぷりの内腿に指を食いこませ、恋人の実母をあられもない、ガニ股の格好におとしめる。

「ああン、達彦さん……」

「ああ、すごい。見ちゃった……見てしまいました、お義母さんのオマ×コ」

「ヒィン、いや。恥ずかしい。ハアァァン……」

至近距離にまで顔を近づけ、ぬめる肉割れに目を凝らした。

先ほどから鼻腔を刺激していた生々しい淫香が、いっそう密度を濃くしながら達彦の顔を撫であげる。

ふっくらとした大福餅を彷彿とさせる秘丘であった。

二枚のラビアがぴょこりと飛びだし、仲たがいでもしたかのように別々の方角に先っぽを向けている。

ビラビラはねっとりと濡れていた。その様は、雨に打たれた百合のようなたたずまいにも感じられる。

濡れているのは、もちろんラビアだけではない。

そこからつづく粘膜の園もさらにぐっしょりと濡れ、同時にネバネバしたものも感じさせた。

どちらかというと、小ぶりな陰唇のように思える。蓮の花を思わせる形にローズピンクの粘膜を開花させていた。

せつないの、せつないのとでもさかんにアピールするかのように絶え間なく膣穴が開閉し、コポリ、コポリと愛蜜が新たな泡を吹いてにじむ。

「おおお。お義母さん……」

股間でぶら下がる持ちものに、一気に血液が流れこみはじめた。しなびた明太子のようだったペニスが、みるみる活力をみなぎらせ、重力にあらがって反りかえりだす。

「あァン、恥ずかしい」

そんな達彦に、まだなお顔をおおいながら綾子がもだえた。もう耐えられないとでもいうかのように、熟れた肢体を艶めかしくくなくなとよじっては尻をふる。

「お願い、ラクにさせて」

「……えっ」

達彦は息を呑んだ。

すると、綾子は焦れったそうに「アアン」と言い――。

「男でしょ。あなたがしたいことをして。女はそれを待っているのだから」

いきなり片手を伸ばした。

達彦の頭に白魚の指を埋める。問答無用の強引さで、自分のワレメに彼の顔を押しつけた。

「わわっ。むぶぅ……」

「ハアァン。して。いっぱいして。してしてして。アハァァン……」

「うおお。お、お義母さん、こうですか。ねえ、こうですか」

……ピチャ。

「ハアァァァン」

ぬめりにぬめった生牡蠣でも、顔面いっぱいに押しつけられたような感触だった。

しかもこの生牡蠣はほどよく温み、男の情欲を刺激する甘酸っぱい淫香もふりまいている。

（こ、興奮する）

とうとう頭の中からは、十七歳の恋人の笑顔も吹き飛んだ。達彦は舌を突きだし、いやらしくひくつく蜜肉を、夢中になって舐めしゃぶる。

「あっあっ。あぁぁン、なにをするの。なにをするの」

「な、なにをって……ンッププゥ」

困惑した感じでなじられ、達彦はあわてて顔をあげた。

するとすぐさま、ふたたび綾子自身の手で、淫肉に顔面を押しつけられる。

「あはぁぁ。やめて。なにをするの」

「で、ですから……ンップププッ」

なにも言うなとでも言っているかのようだ。

返事をしようとする達彦の後頭部をグイグイと押さえつけ、さらに強くぬめり肉に擦りつける。

(ええい)

もうどうにでもなれと、開きなおる気持ちになった。

達彦は、さらに両手に力を入れ、綾子を下品なガニ股にする。

猛然と舌をくねらせて、ぬめる牝割れをピチャピチャ、ねろねろと怒濤(どとう)の勢いで舐めしゃぶる。

「ハアァン。ああ、いやン。いやン、いやン。そんなことしちゃだめ。ハアァァン、私はあなたの恋人の母親……こんなことしちゃ……ハアァァ……」

「はぁはぁ……お、お義母さん、お義母さん……」

なるほど、そういうことか。この人は、ちょっとしたイメージプレイを望んでいるのだなとようやく察した。

しかしこれではまるで、自分が強引にこの人を求めているかのようではないかと思いもしたが、抗議をする余裕はすでにない。

（ああ、舐めてる……俺、舐めちゃってる。真希のお母さんのオマ×コを……）

今さらながらに、とんでもないことをしてしまっているといううしろめたさをおぼえた。

だが、もはや「やめる」という選択肢は百パーセントない。

さらに舌を飛びださせた。

舐めれば舐めるほどいやらしくひくつく、粘液の沼湿地をさらに狂おしく舐めて責める。

……ピチャピチャ。れろん。ぢゅる。

「ハァァン。あああぁ」

（おお、どんどん濡れかたが……）

ぬめり肉を舌で舐め、えぐるように擦ると、綾子の媚肉はヒクヒクと、さらに妖しく蠢動した。

あえぐように膣穴が開閉し、新たに煮こんだ濃い蜜をしぼりだすように泡だてながらブヂュッ、ブヂュヂュッと分泌する。

「んっはあぁ。あぁン、そんな……いけないわ。いけないわ、こんなことしちゃ。ま、真希に……真希になんて言うのッ。ハァァァン」

「はぁはぁ……お、お義母さん……お義母さん……」

綾子はノリノリで、娘の恋人に襲われる無力な母親の役を演じた。しつこく真希をダシに使われ、達彦は不思議な心地になってくる。

いけないことをこの人としているのだという背徳感がどんどん増した。

頼まれたからしているのではなく、あっという間に綾子のペースにはまっていく。

自ら進んで恋人を裏切る凌辱者になりきっていく。

「あぁン、やめて、達彦さん。私はあの娘の母親。私はあなたの――」

「ああ、お義母さん……」

「きゃあああ」

気づけば達彦は綾子の身体を反転させ、彼女が先ほどまでしていたような、四つんばいの体勢を強要した。

「はあァン、達彦さん……」

「お義母さん、もうだめです。はぁはぁ……俺……俺——」

「ハアァァ」

天に向かって突きあげられた大きな尻肉をわっしとつかんだ。

乳でも揉むようにもにゅもにゅと揉みしだいては、尻の谷間を豪快に、くぱっと開いてさらさせる。

5

「あぁん、いやッ。恥ずかしいわ。恥ずかしい。ハアァァ……」

「おお、お義母さん、肛門も、こんなにものほしそうにひくついて……んっ」

……ピチャ。

「あああああ」

グニグニと臀肉を揉みしだきつつ、谷間の底でひくつくアヌスに舌を突き立てた。

そのとたん、綾子はさらにとり乱し、ガチンコな声をあげて反応する。

背すじをたわめ、窮屈な体勢で天を向いた。

無残にしいたげられるマゾ牝の悦びを、誰はばかることなくよがり声でアピールする。

「ああ。そんなとこ舐めないで。いけないわ。いけないわああ」

「はぁはぁ。だ、誰かにこうしてほしかったんでしょ。ずっとずっと、一人で性欲を発散しつづけてきたんでしょ。んっんっ……」

「あああ。あああああ」

いやがる綾子に、本気でゾクゾクしはじめた。

綾子の主導ではじめたはずのプレイ。

彼女の欲求不満を解消させるためのプレイだとわかっているはずなのに、なにやら不穏な激情が、達彦の全身に鳥肌を立たせる。

「こ、こんなに肛門をヒクヒクさせて。わかってるんですよ。なんだかんだ言いながら、男にこうされたかったってことは」

……ピチャピチャ。れろれろ、れろ。

「んあああ。ち、違うわ。違うンン。私はそんな女じゃうあああああ」

（おお、すごい声）

しつこくアヌスを舐めしゃぶり、クリ豆もそろっと指であやした。綾子はせつなげにあらがいながらも、いっそう乱れた本気の嬌声をほとばしらせる。

(だ、大丈夫だよな)

達彦は、思わず入口をたしかめた。

ドアはきちんと閉じられている。

二階まで、綾子の声が届かないでくれと神に祈った。綾子もまずいと思ったらしく、あわてて片手を口に当て、もれでる声に蓋をしている。

「むぶう。んむぶうぅ……」

(な、なんか……すごく興奮する!)

「ひ、久しぶりでしょ、お義母さん。いいんですよ、ほら、オナニーしなさい」

達彦はどんどん興が乗ってきた。

おあずけを食らいつづける毎日のせいで、どうやら自分が思っていた以上に、ストレスがたまっていたようだ。

「あぁぁン、達彦さん、ハアァァ……」

綾子の片手をとり、彼女の股間へとみちびいた。指を伸ばさせ、勃起した陰核へとネチョッとあてがわせる。

「あああぁ」

「ほら、マ×コは俺が舐めてあげます。お義母さんはクリトリスをいじくってオナニーをしてください」

「な、なにを言っているの。私がそんないやらしいことをするうあああぁ」

……ピチャピチャ、ピチャ。

「あああ。うあああぁ」

なおも上品ぶった演技をしようとする綾子に、みなまで言わせはしなかった。ふたたび女陰へと責めの矛先を変え、激しい勢いで舐めたてる。

「あああ。ああ、そんな。そんなそんな。あああああ」

ぺろぺろと粘膜を舐め、膣穴に口を当てて汁をすする。

……ぢゅるぢゅる。

「ヒイイ。ヒイイイイ」

「はぁはぁ。はぁはぁはぁ」

二枚のラビアまで、しゃぶり尽くす勢いで執拗に舐めた。さらには会陰を舐め、肛門を舐め、またしても媚肉に戻って舐める。

「うあああ。ああ、達彦さん、あああああ」

（おお、オナニーをはじめた）

とりつくろう余裕もないハードな責めに、牝の本能が苦もなく屈したのかもしれなかった。

かまってもらえないクリ豆を自分でなぐさめようとするかのようだ。綾子はそろえた二本の指で、くにゅくにゅと陰核をいやらしくあやす。

「あああ。うあああああ」

「んっんっ……いやらしい人だ。わかってますか、俺は……あなたの娘の——」

「あああああああ」

（こ、声、大きすぎですって）

うしろめたさを刺激する言葉で責められ、綾子はますます発情した。

いやらしい手つきで牝豆をしつこく何度もねちっこくあやす。

もっともっととねだるかのように尻をふり、自ら局部をグイグイと達彦の鼻面に擦りつけてくる。

「ンププッ……ああ、お義母さん、んっんっ……」

「うあああ。なにをするの。私たちは義理の親子……こんなことしちゃいけないわ。いけないいわ。あああ、お尻も気持ちイインンン」

被虐の演技に酔いしれる綾子をさらに恍惚とさせた。

舌をくねらせ、ぬめる肉割れを舐めながら、唾液にまみれた鳶色（とびいろ）の肛門を指で執拗にほじる。

牝割れに加えての秘肛責め。

しかも陰核は、綾子自身の制御下にある。

過敏な性感スポット三カ所への集中的な刺激に、三十八歳の発情猫は、さらに乱れてよがり泣く。

「ああ、お尻も感じる。ゾクゾクするンン」

「はぁはぁ。もっとほじってほしいですか、お義母さん。こんなふうに……」

……ほじほじ。ほじほじほじ。

「うあああ。あああああ。も、もっとして。もっとしてええ」

「ほじってほしいですか」

「ほ、ほじってほしい。ほじってほしいンン」

「オマ×コは」

「ああああ。オマ×コも舐めて。いっぱい舐めてェェン。ああ、どうしよう。感じちゃう。感じちゃうンン。ああああああ」

「はぁはぁ。くうぅ……」

卑猥な言葉であおられて、綾子はさらにとり乱した。クリ豆をかきむしる手つきを激しくする。

そんな熟女のいやしい欲望に触発され、達彦もまた、夢中になってヌメヌメとしたワレメの湿地を舐めしゃぶる。

同時にアヌスを爪の先で、ほじほじ、ほじほじとソフトにかく。

「うあああぁ。そ、それ、弱い。それ、弱いのおお。ああああぁ」

達彦の下品な二点責めに、いつしか綾子はさらに激しくよがり狂った。

くにゅくにゅとさかんにクリ豆をあやしながら、耐えかねたように尻をふり、あんぐりと口を開けて淫らにあえぐ。

「あああ。た、達彦さん、指挿れて」

「えっ」

「指、挿れて。擦って。いっぱいいいっぱい、気持ちのいいところ、いっぱい擦って」

「ゆ、指……こ、こうですか」

義母の浅ましい求めに達彦は応じた。

そろえて並べた二本の指をぬめるワレメに押しつける。

――ヌプッ。ヌプヌプヌプッ。

「ハァァァン」

(アソコって……Gスポットのことかな。ううっ、メチャメチャ濡れてる……)

達彦は、膣内の感触に昂りながらすばやく思考をめぐらせた。

綾子の膣は、ねっとりといやらしいぬめりに満ちている。

指をずらして位置を探った。ザラザラとしたくぼみのような場所を、指の腹で探りあてる。

「こ、ここですか。お義母さん、ねえ、ここ」

そう言うと、達彦は猛然と指でくぼみを擦過しはじめた。

「あああああ」

間違いない。

やはりGスポットのようである。

「あああ。そんな。なにをするの。あああああ」

綾子は達彦をなじりながら、喜悦の嬌声をほとばしらせた。

もはや、クリトリスをいじくりつづける余裕もない。両手をベッドに投げだして、白いシーツをギュッとつかんだ。

シーツの布が裂けてしまうのではないかと思うほどだ。両手につかんだ白い布をせつない力で何度も引っぱる。

「あああ。やめて。あなたは娘の……娘のああああ気持ちいいいいい」

「そ、そら。そらそらそら。娘の恋人にこんなことをされていると思うから、よけいに興奮するんでしょ」

……グチョグチョ。グチョグチョグチョ！

達彦はリズミカルな鼻息とともに、Ｇスポットをかきむしった。

ぬかるむ汁音はいっそう音量を増し、それにあわせて綾子の淫声も「あああ。ああああ」と我を忘れたひびきを加える。

「な、なにを言っているの。私はそんなひどい女じゃああああ気持ぢいい。気持ぢいい、気持ぢいい。ああああああ」

必死に体裁をとりつくろおうとするものの、感じる部分を責めたてられる快感は、もはやいかんともしがたいようだ。

綾子は思いきり口を開け、獣の声を張りあげる。淫らな快さにひたりきったその顔は、もはや別人のようである。

別世界さながらの豪邸に主として君臨し、優雅にふるまう上品な女は、もはやどこにも存在しない。

「あああ。気持ぢいいよう。気持ぢいいよう。もっどじで。達彦ざん、もっどじで。あああああ」

天高く、豊満なヒップを突きあげた。媚肉の中をかきまわされるはしたない悦びに、みっともない顔をさらして恍惚とする。

ほとばしる歓喜の言葉はすべての音に、しっかりと濁音がついていた。

(お、お義母さん……)

綾子の快感のすさまじさに、達彦はいささかけおされる。

いつもとのすごい落差。

なんだ、このいやらしさは。なんだ、この狂乱ぶりは。

この感じかた。

もしかして……もしかして——。

(ち、痴女?)

「はぁはぁ……お義母さん、娘の恋人の指ち×ぽなのに、そんなに感じていいんですか。そら。そらそら、そら」

意外な発見に興奮し、達彦はますます興が乗った。

本当に、自分の意志でこの熟女を手ごめにしているような心持ちになりながら、いちだんと激しく綾子をあおり、Ｇスポットをかきむしる。

「あああぁ。ゆ、指ぢ×ぽ気持ぢいい。指ぢ×ぽ気持ちいいの。ごんなの久じぶり。久じぶり。久じぶり。ああ、だめ。だめだめだめだめええ。ああああああ」

「——うおっ」

白旗の絶叫とともにであった。

ついに綾子は淫肉から、透明なしぶきを飛びちらせる。

それはまさに、鯨の潮噴きさながらだった。間欠泉のように噴きだした大量の潮が、達彦の顔面をビチャビチャとたたく。

「——ぷっはあ。ああ、すごい。いやらしい女の人だ。娘の恋人ですよ。そんな男の指ち×ぽでこんなに潮を噴いちゃって。そらそらそら」

——グヂュグヂュグヂュッ！　ヌヂュヌヂュヌヂュッ！

「ああああ。うあああ。だっで気持ぢいいの。噴いぢゃう。潮噴いぢゃうンン。ああ、いい。いい、いいッ。ああああ」

「おおおお……」

綾子はベッドに顔をめりこませ、あふれだす獣の声を必死に抑えた。そのせいでべッドがビリビリと振動し、達彦のもとまでそれが伝わる。

「あああ……」

「おおお、お義母さん……すごい……」

大量の潮を噴かせるだけ噴かせきった。

達彦は、ようやく膣から指を抜く。

綾子は精根尽きはてたように、ベッドに突っぷしてぐったりとなった。

6

「はぁはぁ……はぁはぁはぁはぁ……」

薄桃色に火照った肌は、汗の甘露を滲ませはじめた。

全裸の熟女は荒々しい呼吸をくり返す。

ムチムチした裸身を艶めかしくのたうたせ、まんまるに盛りあがった尻肉をブルンと派手にふるわせる。

(も、もう我慢できない)

そんな義母に、達彦は我を忘れた。股間でいきり勃つ肉棒は、腹の肉にくっつきそうなほどビンビンに反りかえっている。

おとなしくしているときでも、人並みはずれた大きさを持つペニスだ。しかしこんなふうに勃起をすると、その威容はますますまがまがしさを増し、野性味あふれた眺めになる。

掘りだしたばかりの、土まみれのサツマイモを思わせた。

ゴツゴツと野太く、胴まわりも太い。

青や赤色をした血管が生々しく隆起し、深呼吸でもくり返すように、ドクン、ドクンと脈打っている。

先端でふくらむ鈴口は、巨大な鈴のようだ。生々しい赤銅色をてからせて、パンパンに張りつめきっている。

尿口からはお約束のように、涎にも見えるカウパーがどろりとあふれて傘の縁へとしたたった。

「あああ、た、達彦ひゃん、ハァン……」

つっぷす綾子のムチムチした脚を、コンパスのように開かせた。

「お義母さん、これでしょ。指ち×ぽより……やっぱり最後はこれですよね」

そう言うや、汗ばむ裸身におおいかぶさる。

勃起したペニスを手にとった。

ぬめる秘割れに亀頭を押し当る。

「あぁン、達彦ひゃん」

「これですよね」

問答無用の荒々しさで、一気に腰を突きだして、猛る怒張を膣奥深くにたたきこむ。

——ヌプッ。ヌプヌプヌプウウッ！

「うあああ——ンムブゥ……」

「おっと……」

またもはじけそうになるよがり吠えを、背後から手をまわしてあわてて押さえた。

そうでもしなければ本当に、二階にまで聞こえてしまいそうである。

(ああ、すごく濡れてる……)

男根を飛びこませた蜜肉は、思っていたとおり——いや、思っていた以上のヌルヌルぶりだ。

とろ蜜まみれの膣洞が、あえぐように蠕動していた。

ぬめりに満ちた凹凸が、おもねるように、求めるように、達彦の陰茎に吸いついて、さらに艶めかしくしぼりこんでは解放する。

（おお。こいつはたまらん！）

「くうぅ……入りましたよ、お義母さん。お義母さんがほしくてほしくてたまらなかった……はぁはぁ……硬くて太いち×ぽです」

汗ばむ背すじに身体を密着させた。

なおもその唇を手でおおいながら、耳たぶにささやき声を吹きかける。

綾子は恍惚の表情でうっとりと目を見開いた。わなわなと全身を小刻みにふるわせ、合体の悦びに打ちふるえている。

「ンムぅ……んんぅぅ……」

「わかってますよ。なにが言いたいか。ほら、自分で押さえていてください」

達彦は言うと、汗ばむ義母の手をとった。

本人の口へと指を押しつける。

そして、自分は熟女の裸身をかき抱き──。

「こうしてほしいんですよね」

宣戦布告のようにあおると、達彦はいよいよ腰を使いはじめた。

肉粘膜に包まれて甘酸っぱくうずくイ鈴口を、前へうしろへとピストンさせ、ズンズンと子宮を何度もえぐる。

……ぐぢゅる。ぬぢゅっ。

「ンンゥウッ。んんぅぅうっ」

いわゆる寝バックの体勢で、亀頭の杵(きね)をたたきこんだ。

そのたび広々としたベッドの脚が、訴えるようにギシギシときしむ。

マットレスが跳ねおどり、つっぷした熟女が上へ下へとバウンドした。

(ああ、気持ちいい)

ペニスにおぼえる耽美な快感に、達彦はついうっとりとする。

とろとろにとろけた蜜肉は、肉スリコギでほじくり返されるマゾヒスティックな快感にむせび泣くかのようだ。

いいの、いいの、これいいのとでも甘えておもねるかのように、何度も艶めかしく蠢動しては、亀頭と棹をしぼりこみ、解放する動きをくり返す。

しかも——。

(ああ、さらにヌルヌルに……)

ぐぢゅる、ぐぢゅぐぢゅっという汁気たっぷりの肉ずれ音が、さらにねばりと音量を増した。

膣路に満ちる卑猥なうるみもさらに何層か厚さを加える。

膣ヒダをかきむしる亀頭の動きにねっとりとした粘着音で応え、いっそうキュッとしまりをよくする。

(ああ、た、たまらない!)

カリ首と膣ヒダが擦れるたび、甘酸っぱさいっぱいの快美感がまたたいた。

ペニスでひらめいた官能が脊髄から脳天へと突きぬける。理性を麻痺させた脳味噌が、さらに妖しく煮くずれを起こしていく。

「ああ……お、お義母さん……」

「ンンムウゥン」

汗みずくの熟女を抱いたまま、達彦は身体を反転させた。

二人して、天を仰ぐ体勢になる。

達彦は背後から手を伸ばし、義母のおっぱいを鷲づかみにした。

「んあああ」

「おお、やわらかい。ゾクゾクする!」

……もにゅもにゅ。もにゅ。

「ンンププウッ。んああ。ンンンウウゥッ」

ガツガツと腰を使い、膣奥深くまで怒張をたたきこみながら、せりあげる動きで巨乳を揉みしだく。

綾子のGカップおっぱいは、マシュマロかと思うほどの得も言われぬやわらかさ。指と手のひらにぴたりと吸いついてフィットする。

そんな柔和な乳肉を思いのままに揉みしだけば、豊満なふくらみは彼の意のままに形を変えた。

あちらへ、こちらへと乳首の向きを変え、いっときだって止まらない。

量感たっぷりの熟れ乳房は、小玉スイカ顔負けのまるみと迫力を見せつけた。頂をいろどる乳輪は、ちょっぴり大きめの円を描いている。

そんな乳輪の真ん中で、サクランボのような乳首が、生々しくしこり勃っていた。

「ヒイィン」

伸ばした指でコリッと乳首をはじけば、綾子は裸身をふるわせ、あごを突きあげてあえぎ声を上ずらせる。

「はぁはぁ……おお、お義母さん、お義母さんのオマ×コが、俺のち×ぽをムギュムギュと……ああ、気持ちいい！」

「ハアァン。達彦ざん、ああ、もっどじで。もっどいっぱいち×ぽでえぐっで。えぐっでえぐっで。あああ、だめ。だめだめだめ。あああぁ」

「ああ、エロい……」

見れば綾子は仰向けになった体勢で、またしてもクリトリスに指を伸ばした。

極太で膣内をほじくり返される悦びに歓喜しつつ、白魚の指でクリ豆をまたしてもくにゅくにゅと下品にいじる。

「あああ。あああああ。気持ぢいい。気持ぢいい。ああああああ」

「おお。興奮する。お義母さん、ち×ぽもっとほしいですか」

「も、もっどぢょうだい。もっどぢょうだイィィン。ああ、気持ぢいい。我慢でぎない。イッぢゃう。イッぢゃうイッぢゃうイッぢゃうイッぢゃう。ああああああ」

「——うわっ」

綾子は腰をふり、膣からペニスをズルッと抜いた。

達彦から背中と尻を浮かせ、虚空に向かって股間を突きだす。

爪先立ちになっていた。

踏んばった脚がガクガクとふるえる。

いや、ふるえているのは脚だけではない。卑猥な痴女は全身を痙攣させながら——。

「あああ。ああああああ」

「うおお……」

肉栓をなくした膣穴から、水鉄砲のように潮を噴いた。

飛びだした潮が闇の中でキラキラと淫靡な輝きを放つ。

屋根を打つ雨滴のような音をたて、ベッドはおろかその先の床にまで、バラバラ、バラバラと降りそそぐ。

「あう。あう。あう、あう……」

「はぁはぁ……お義母さん、ああ、いやらしい……」

爪先立ちになって痙攣する美しい痴女に、達彦は燃えた。興奮し、キーンと耳鳴りまでしはじめる。

雄々しい力で起きあがった。背後から綾子を押す。

「きゃあ」

体勢をくずして裏返された綾子は、四つんばいの体勢で四肢を踏んばった。達彦は、そんな義母の背後で挿入の態勢をととのえるや——。

「お義母さんがこんないやらしい人だったなんて。うおおおっ!」

——ズブッ。ズブズブズブッ!

「あああああ」

獣の体勢になった綾子の淫肉に、うずく勃起をたたきこんだ。

膣奥深くまで容赦なくえぐると、それだけで綾子はまたも達したようだ。

「おう。おう。おおう。おおう」

強烈な電気でも、断続的に流されているかのようだ。

背中を波打たせ、ビクン、ビクンと痙攣する。

見ればその目は、半分白目を剝いていた。あんぐりと開いた口の端から、泡だつ涎がねばりながらあふれだしてくる。

「た、たまらない！」

達彦は綾子の腰をつかんだ。

両膝を踏んばり、ベッドに膝頭をめりこませると、怒濤の勢いで腰をふり、野獣そのもののピストンマシーンになる。

——パンパンパン！　パンパンパンパン！

「うあああ。あああああ。ぎ、気持ぢいい。ごれ、最高に気持ぢいい。あああああ」

その声は、もう完全に綾子ではない。

ズシリと低い、我を忘れたガチンコの吠え声。

ガリガリとベッドをかきむしり、狂ったように喜悦の嬌声をほとばしらせる。

そんな自分にとまどったように、あわててシーツに顔を埋め、くぐもった声で「おおお。おおおお」と低い声で何度も吠える。

垂れ伸びたおっぱいが派手に躍った。別々の動きで房を揺らし、互い違いに勃起した乳首をふりたくる。

「うお……うおお……」

そんな綾子のよがりぶりに、もはや達彦も限界だ。

肉傘とヒダヒダが擦れるたび、しぶくかのような快美感が湧く。ぬめりにぬめった牝肉が、波打つ動きでさかんに肉棒に吸いついてくる。

亀頭をやわやわと、すごい力で揉みこんだ。

しびれるような甘酸っぱい快感。

口の中いっぱいに我慢の唾液が湧きあがる。ひと抜きごと、ひと挿しごとに、あらがいがたい射精衝動が膨張してくる。

(ああ、もうだめだ！)

「うあああ。達彦ひゃん、達彦ひゃん、おおお。おおおおおおっ」

「お義母さん、イク……」

「おおおおっ。おおおおおおおおっ!!」

──どぴゅどぴゅ、ぶぴゅ、びゅるるっ！

天空高く、はじき飛ばされたかのようだった。

達彦は意識を白濁させ、重力からすら解放されたような心地になる。

(気持ち……いい……)

ドクン、ドクンと陰茎が、雄々しく何度も脈打った。そのたび大量のザーメンが、吠える股間の肉砲から、咳きこむ勢いで撃ちだされる。

「あ……あああ……い、いやン……はあぁ……」

「お義母さん、おおお……」

艶めかしくうめく綾子の声で、達彦はようやく我に返った。

見ればペニスはズッポリと、膣奥深くにまで刺さっている。当然の権利のように子宮をえぐり、三回、四回と脈動し、濃厚な子種をどぴゅどぴゅと、ぬめる子宮口にねばりつかせる。

(やばっ……)

いくらなんでも中出し射精はやりすぎだったのではないかとうろたえた。

しかし、綾子は苦にもせず——。

「あはぁ……は、入って……くる……すごい……おち×ぽの、汁……こんなに、いっぱい……いっ、ぱい……ハァアアン……」

「お、お義母さん……」

罪悪感にかられながらも、なおも陰茎は痙攣を止められない。

さらに何度も脈打って、ネバネバとした凌辱のエキスを、義母の膣内に注ぎこむ。

「ああ……」

綾子は恍惚の表情だった。

幸せそうに裸身をふるわせた。

達彦は射精の快感に酔いしれながらも、とんでもないことをしてしまったと、今さらのように恐怖をおぼえた。

第二章　いやらしい身体

1

（ああ、だめだ）

達彦はまたしても、頭をかきむしりたくなった。

脳裏に蘇らせるたび、どうしても悶々としてしまう。

罪悪感なんて、言われなくても山とある。

それなのに、ペニスはあの夜のゆだるような昂揚感を思いだし、たまらず硬さを増してしまう。

（思いだすな、ばか）

ムクムクと膨張をはじめた一物に、心でせつない声をあげる。かぶりをふり、卑猥な記憶を頭の中から追いはらおうとした。

汁にまみれた灼熱の深夜。

互いに獣と化した、義母とのひととき。

(だめだ。勃つな。伏せ……伏せっ……)

必死に心で念じても、股間の持ちものは重力にあらがい、天に向かって反りかえる。

スポンジで刺激をしたのがいけなかったと、達彦は暗澹たる気持ちになった。

いつもより、かなり遅めの時間であった。

残業を理由に、このところ達彦は真希と帰ることを回避していた。

あわせる顔がないというのが大きな理由。

彼女の母親とあんなことがあったというのに、そしらぬ顔をして腕をからめ、家まで帰ってこられるほど、面の皮は厚くない。

夕飯も、外で食べることが多くなっていた。

真希はさかんに寂しがり、働きすぎではないかと案じてくれたが、そんな少女の顔を見るたび、達彦は胸が張りさけそうになった。

それなのに――。

（た、勃つな。勃つなって言っているのに。あああ……）

真希に対する罪の意識と、綾子への鬱屈した思いは、まさにコインの裏表だった。

一人で風呂に入り、広々としたバスルームで身体を洗うたび、陰茎にスポンジを擦りつければ、たちまち甘酸っぱいうずきが走る。

禁忌なあの夜の出来事が、生々しさいっぱいにあれもこれもと蘇ってくる。

「うわ、あああ……」

綾子と熱いひと晩を過ごしてしまってから、今日で一週間ほど経っていた。

あの夜以来、身体を洗うと毎晩のように勃起をしたが、達彦は理性を総動員させ、オナニーだけはなんとか我慢した。

そんなことをしてしまったら、二重の罪だと思ったからだ。

あの夜の裏切りだけでも言語道断ものなのに、綾子を思ってまたふたたび、ペニスなどしごいてしまってよいはずがない。

達彦は毎夜のようにそう思い、なんとか自慰行為だけは避けてきた。

「あああ……」

しかし今夜は、勃ちっぷりがすさまじい。

禁欲をつづけたことで陰茎は、いつにない反りかえりかたで、いやしい欲望をパンパンにみなぎらせている。

（まずい。どうしよう。しごきたくなっちゃうよ……）

身体中、ボディソープの泡まみれになって洗い場の椅子に座っていた。

ペニスももちろん泡にまみれながら、赤銅色をした鈴口を泡の中から飛びださせている。

「うう っ……」

達彦は耳をふさいだ。

またも艶めかしい幻聴が、思いがけない鮮烈さで鼓膜と脳髄をふるわせる。

――ハアァン、達彦ざん、ああ、もっどじで。もっどいっぱいち×ぽでえぐっでえぐっでえぐっで。あああああ、だめ。だめだめだめ。あああ。

（消えろ。向こうに行け。やめろ。やめろおお）

痴女と化し、獣のようによがり狂う綾子の声は、それだけで強烈な媚薬だった。あの夜の彼女のはしたないよがりっぷりが、まざまざと脳裏に再生される。

――あああ。あああああ。気持ぢいい。気持ぢいい。あああああああ。

（お、お義母さん……お義母さん……！）

あの夜以来、綾子は娘たちのいないところでは、こっそりと達彦に秋波を送ってきた。

しかも、こっそり彼女が打ちあけたところによれば、最初から達彦とこんなことをするつもりで、同居を提案したのだとまで言うではないか。

――ねえ、またしない？　私はいつだっていいのよ……ンフフ……。

もはや本音を隠そうともせず、二人きりになると、必ず綾子は達彦を誘った。

達彦は、そんな義母の誘いを意志の力で拒みながら、なんとかあれから一週間、この館で必死に耐えつづけてきていたのである。

しかし――。

――も、もっどぢょうだい。もっどちょうだイィイン。ああ、気持ぢいい。我慢できない。イッぢゃう。イッぢゃうイッぢゃうイッぢゃう。ああああ。

（ああ、お義母さん……セ、セックスがしたい。また、セックスが。おおお……）

とうとう達彦は、自らに課したタブーを犯す。

毎晩のように勃起するペニスに、無視を決めこむことはもう不可能だった。陰嚢のタンクの中では精液が、あふれんばかりに満タンになってもいる。

「うおお……はぁはぁ……はぁはぁはぁ……」

ついに勃起を握りしめ、狂ったようにしごきだした。

寒いので、シャワーのお湯は出しっぱなしにしている。

洗い場の床をたたくシャワーの音が、夕立のような音をたてていた。風呂場には白い湯けむりがたちこめて、視界をけむらせている。

（ああ、お義母さん、オマ×コ、メチャメチャ気持ちよかった……！）

ソープにまみれた指でペニスを擦る。ヌルヌルした粘液が潤滑油になり、指のすべりはそうとうに快適だ。

ほどよくまるめた指の輪で、シュッシュとさかんに亀頭を擦った。

窮屈な刺激がくり返し鈴口を甘酸っぱくうずかせ、火花のような快感が、くり返しまたたいて玉袋までじゅわんとさせる。

脳裏に思い描くのは、あの夜怒張がもぐりこんだ、ヌルヌルして狭隘（きょうあい）な蜜壺の快さだ。

久方ぶりの男根がうれしくてたまらないとでも言うかのようだった。波打つ動きで吸いついて、亀頭をやわやわと揉みこんだ。

痴女という生き物の牝肉が、あれほどまでに貪欲なものだとは知らなかった。

ぬめる蜜肉の蠕動するようなしめつけぶりをリアルに思いだし、思わず達彦はしこしこと、綾子の媚肉の蠢きを再現するように亀頭を揉みつぶす。

「うわっ。あああ……」

「たっちゃん、湯加減どう」

(げっ)

そのとき、曇りガラスのドアの向こうで、鈴を転がすような声がした。

この家で、達彦を「達ちゃん」と呼ぶ女性は一人しかいない。

「えへへ。ちゃんと温まってるかな」

言いながら、その女性はバスルームのドアを開けた。

達彦は愕然としながらそちらを見る。

「えっ……」

「ああ……」

ドアを開け、小顔を突きだした真希と目があった。

真希はリラックスした、いつものパジャマ姿である。ストレートの黒髪をアップにまとめ、かわいくうなじを剝きだしにしていた。

瞬時に違和感をおぼえたのであろう。真希はハッとしたような顔つきになり、反射的に達彦の股のつけ根に視線を向けた。

「ヒイィッ」

「あっ……真希、これは、えっと――」

「い、いやあああ」

真希ははじかれたように、曇りガラスのドアを閉める。けたたましい音をたて、洗面所から廊下へと駆けだしていく音が聞こえた。

「……最悪だ」

達彦はどんよりと重苦しい気分になった。よりによって恋人に、浅ましい自慰行為を見られてしまうだなんて。

「今さら遅いよ、ばか……」

ようやくペニスがしおしおと、力を失ってしおれだす。

そんな自分の持ちものに、達彦は悪態をついた。

思わず両手で頭を抱え「ああ……」と絶望のため息をついた。

2

それからの日々は、針のむしろであった。

家族の前ではとりつくろっていたが、真希は明らかに動揺し、それまでのようには達彦と接しなくなった。

目を泳がせ、心ここにあらずと言った会話に終始する。できることなら達彦の前にはいたくないとばかりに、短時間でやりとりを終え、いつもそそくさと彼の前を離れた。

「まあ、自業自得なんだけどさ……」

達彦はため息をつき、その夜も布団にもぐりこんだ。

かけ布団を鼻まであげ、高い天井を見あげてもう一度長い息を吐く。

どうして俺は、いつまでもこの家にいるのだろうと、素朴な疑問が湧いてきた。

肝腎要の恋人と、こんなことになってしまったのである。

もはや、この家にいる意味なんてないではないか。いさぎよく真希に別れを告げ、婚約も解消しておんぼろアパートに帰ることこそが、自分に残された唯一の道にも思えた。

「なんだか知らないけど……菜穂ちゃんにも嫌われちゃってるしさ……」

布団の中で、自虐的につぶやく。

もともと愛想のない娘だったが、このところ、最初の頃にくらべてさらにつんけんとするようになっていた。

あの年ごろの少女の考えることが、自分にわかるはずもないとあきらめてはいたが、無表情のまま顔をそむけられる日がつづくと、さすがにうんざりしてくる。

「はあ……」

そもそもの発端は、自分の情けなさがまねいたことだった。

そういう意味では、誰のこともなじれない。達彦は自分がいやになり、何度も何度も寝返りを打つ。

適度にエアコンが効いていた。寝るのにはちょうどよい快適さだ。

しかし——。

「眠れない……」

思うところが多すぎて、近ごろでは不眠症ぎみにもなっていた。

時刻をたしかめると、深夜の二時である。

このまま朝を迎え、一睡もしないまま会社に行くことになるかもと思うと、暗澹たる心地になった。

(……えっ)

そのとき、部屋の戸口に異変があった。

カタン、と引き戸が小さな音をたてる。

（——っ。ま、真希）

闇の中で、達彦はチラッとそちらを見た。

間違いない。細く開いた引き戸の隙間から部屋に忍びこんできたのは、ピンクのパジャマ姿の真希である。

（な、なんだ。なんだ、なんだ）

一気に心臓がバクバクと打ち鳴りはじめた。しかし達彦は目をつむり、狸寝入りを決めこむ。

畳のすれる音が、次第に近づいてくる。

すぐ近くで、真希がじっとこちらを見下ろす気配がした。

（な、なな……なんだって言うんだ。あっ……）

緊張の時間は、思いのほか長くつづいた。立ったまま自分を見下ろす真希に、不安な気持ちがつのってくる。

そのときだった。いきなり真希が次の行動に出る。畳に敷いた布団の周囲をぐるりとまわった。達彦の背中のほうに位置を変えると——。

（ええっ）

ようやく意を決したかのようだった。かけ布団をあげ、布団の中にもぐりこんでくる。

（わわっ）

うしろから、熱っぽく抱きすくめられた。シャンプーの甘い香りにふわりと鼻腔をくすぐられる。

達彦は、ずっと寝ていたふりをして、寝ぼけた声を出した。

「んんっ……」

「達ちゃん……」

そんな達彦に腕をまわし、真希はさらにせつなげに抱きついてくる。彼の後頭部に顔を押しつけ、スリスリと頬ずりまでした。

（ま、真希、あああ……）

真希の身体はひんやりとしていた。だが、肌のおもてが冷たいだけで、内のほうは驚くほど熱い。

「えっ、真希……」

ようやく気づいたふりをした。眠たげなうめきをもらしつつ、とまどってモゾモゾと身体を動かしてみせる。

「達ちゃん、達ちゃん」

ささやく声はどこまでも甘かった。渾身の力で達彦を抱きすくめ、何度も何度も頬ずりをする。

「ど、どうしたの」

達彦は背後の少女に問いかけた。ここ数日、彼を見れば逃げまわっていた彼女とあまりにギャップがある。

真希の女体の温かさが、じわじわと身体に染みこんだ。いや、染みこんでくるのは身体の熱さだけではない。

(ああ、おっぱいが……)

肩胛骨の下あたりで、温かくやわらかな肉塊が、ふにふにとひしゃげながら密着していた。

弾力的にはずんではもとに戻り、硬い突起の存在を生々しいまでに伝えてくる。

(おおお……)

「ごめんね、達ちゃん」

すると真希は、声をふるわせてささやいた。

「……えっ」

「ごめんね。ごめんね、あんなことさせて」

「真希……」

達彦は狼狽する。

あんなこと、とはいったいなんだ。とっさに心に浮かぶのは風呂場でのオナニー行為しかなかったが、はたしてそのことを言っているのか。

「え、えっと、真希……」

「つらいよね。私がそばにいるのに、手を出せないなんて」

「あっ……」

どうやらやはり、浴室での一件を言っているようだ。

なるほど、そういうことか。しかしまさか風呂場での自慰が、このような流れをまねくとは夢にも思わなかった。

しかもあのとき脳裏に蘇らせていたのは、真希ではなく義母の綾子なのだ。

「い、いや、あの、真希――」

うろたえて、真希に話しかけようとした。しかし、少女は彼をさえぎる。

「よく考えたら……エッチ……っていうか、セ、セックスをしなきゃいいんだって気がついたの」

「……えっ」

思いつめたような真希の言葉に、達彦はきょとんとした。

「あの、言っている意味が——」

「セックスをしなければいいの。そうでしょ。それなら、お母さんを裏切ったことにはならない。違う?」

「いや、ああ……」

なおも達彦はとまどうばかりだった。

すると真希は、彼の背中から身体を離す。立ちあがった。達彦は身体を反転させ、真希が立ったほうを見る。

がらんとした和室には、調度品ひとつ置かれていなかった。

宿泊する客用の部屋として考えられていた一間らしく、その真ん中にぽつりと布団が延べられている。

「真希……?」

真希はいつもの、ピンクのパジャマ姿だった。闇に慣れていた達彦の目は、少女の表情をありありととらえる。

色白の小顔が、いくぶん紅潮しているように見えた。

一重の目も艶めかしくうるみ、なにやらただごとではない決意のようなものを感じさせる。

「そう思わない、達ちゃん。私、間違っていないと思う。要するに、私に手を触れなければいいの」

そうささやくと、真希はうろたえたように首をすくめ、顔をうつむかせる。

しばらくじっと、そのままだった。見ればみずみずしいその肢体は、わなわなと小刻みにふるえている。

「あ、あの――」

「そうだよね」

ようやく真希は小顔をあげた。

明らかにその顔は先ほどまでよりさらに真っ赤になっている。しかし少女は、そんな自らを鼓舞するように――。

「だ、だから……たとえば私がこんなことをしても、それはセックスとはぜんぜん違うことだと思うの」

「えっ。あっ……」

真希は覚悟を決めたかのようだった。両手の指をパジャマの上着に伸ばし、ひとつずつボタンをはずしていく。

（ええっ）

思いもよらないその行動に、達彦は動転した。

もはや横になどなってはいられず、かけ布団を跳ねあげて上体を起こす。真希はすべてのボタンをきれいにはずした。

「お、おい――」

「私はただ、達ちゃんに見せているだけなの。はうう……」

「あっ……」

恥じらう自分を叱咤するように、真希は朱唇を嚙みしめる。

はらりとはだけたパジャマの布をつかむと、達彦から顔をそむけつつ、ガバッと前を大胆に開く。

「うわあ。真希……」

布団の中で、達彦はたまらずのけぞった。尻がすべり、真希から距離をとるような体勢になる。

「うお。うおおお……」

思わずマジマジと両目を見開いた。今自分が見ているものが、にわかには現実のものだとは信じられない。

パジャマの下に、真希はなにも着けていなかった。

見あげる達彦の目の前で、たゆんたゆんと重たげに、たわわなおっぱいがさえぎるものもなくはずんでいる。

「ま、真希……」

「はうう。恥ずかしいよう……」

やっていることは大胆だが、少女の顔は羞恥にふるえていた。

相変わらず、達彦から顔をそむけたままだ。ギュッと目を閉じ、朱唇を噛んで、小刻みに身体をふるわせている。

(ああ……や、やっぱり真希も、おっぱいでかい!)

恥じらう持ち主に見られていないのをいいことに、達彦は浮きたちながら、乳房の眺めを凝視した。

母親の綾子が小玉スイカなら、真希のおっぱいはマスクメロンのようである。

量感あふれる健康そうなふくらみが、はちきれんばかりにまるくふくらんでいた。

ちょっと身体が動くたび、ユッサユッサと重たげに二つの房が仲よく揺れる。

(しかも……こ、このエロい乳輪!)

乳の頂の眺めに気づき、達彦はさらに落ち着きをなくした。

色白でまんまるなおっぱいの先端では、思いのほか大きめの円を描く、卑猥な乳輪が自分の存在を主張している。

(で、でかい。乳輪でかい。ああ、いやらしい!)

達彦は完全にかけ布団をはだけ、膝立ちになった。

清楚で上品な美貌を持つ女子高生のおっぱいが、これほどまでのデカ乳輪のオマケつきだったとは。

名門お嬢様高校の、清潔感あふれる制服の下に、よもやこれほどいやらしい乳輪とおっぱいがあったとは。

そのうえ官能的なデカ乳輪は、闇の中でもそうとわかるピンク色だった。

西洋の美女に負けない色合をした規格はずれの乳輪には、いくつもの粒々が気泡のように浮かんでいる。

(それに……乳首も大ぶりだ……)

達彦は大きめの円を描く乳輪の中央を、さらに食い入るように見た。

そこには大きめの桃色乳首が、恥ずかしそうに半勃ちぎみになっている。

本当は触ってほしいと訴えるかのように、生々しい女体の眺めをリアルにさらし、絶え間なくふるえつづけている。

3

「た、達ちゃん……興奮できる？」

あらぬかたを向き、声を上ずらせて真希は聞いた。

「真希……」

問いかけられ、達彦はあわてて自分の股間を見た。正直な彼のペニスはムクムクと、早くも七分勃ちぐらいにまで大きくなっている。

「お願い、興奮して。でないと、恥ずかしいのにこんなことをしている意味が……」

「真希……」

「あのとき、私のことを想像しながら、あんなことをしていたんでしょ」

「えっ。あっ……」

バスルームでのオナニーのことを言っているのだとすぐにわかった。

達彦は罪の意識にかられる。じつのところそうではなかったのだから、言葉につまるのが当然である。

だが、こんなところで真実を語るわけにもいかない。

「そうなんでしょ。私のこと……その……も、妄想しながら、我慢できなくてあんなことをしてたんだよね？」

「あの――」

「そう思ったら、達ちゃんがかわいそうになっちゃって。よく考えたら、私って……私とお母さんって、達ちゃんにすごくすごくつらい思い、させていたんだなって」

「わあ……」

あふれだす感情をどうにもこらえきれない様子だった。

真希はなよやかな肩から夜着をすべらせ、足もとにパジャマの上着を落とす。

色白の美肌が、ほんのりと薄桃色に染まっていた。

やわらかそうな女体はムチムチと肉感的ではありながら、綾子の肉体がかもしだすただれた完熟味とは様相を異にしている。

思春期の娘ならではの、健康的なもっちり感が鮮烈だった。

ピチピチした質感が印象づけるフレッシュさは、まさにミドルティーンの少女ならではのエロス。しかもその腰はしっかりとくびれ、十代の少女ならではのみずみずしさにも富んでいる。

「ごめんね、気がつかなくて。毎日毎日こんな生活をさせられたら、それは……あんなことだってしたくなっちゃうよね」

「真希……」

「だ、だから……だから、だから——」

またしても、せつない羞恥が胸の中いっぱいに満ちてしまったとでも言うかのようだった。

真希ははにかみながら、くるりと背を向ける。

ストレートの黒髪は、背中に垂らしたままだった。激しい動きにつれ、美しい髪がさらさらと躍り、背中で乱れる。

「だから……私……今夜から達ちゃんに、えっと、なんて言うの……」

「真希……」

「妄想なんかじゃなくって、私自身で……達ちゃんに、興奮してもらいたくて」

最後のほうはふるえて上ずり、せつない想いが剝きだしになった。

真希は両手をパジャマのズボンにやる。

親指をズボンの縁に埋めると、ひるむ自分の背中を押すように前かがみになり、一気呵成にピンクのズボンを——。

……ズルッ。ズルズルズルッ。

「うわあああ。ま、真希……」

それは、鮮烈なインパクトをともなう眼福ものの絶景だった。

真希は恥じらうあまり、しかたなくそんなふうにしたのかもしれないが、達彦に与えたエロチックな衝撃は破壊力満点のすさまじさだ。

背後にヒップを突きだす煽情的な姿で、ズルリと尻からズボンを剥いた。

中から露になったのは、これまたピチピチとジューシーな、青い果実さながらの大きなヒップである。

前にかがむ格好になったせいで、尻の形が強調された。肉皮がパンパンに張りつめて、淫靡な光沢を放っている。

これから食べごろの時季を迎える、甘い水蜜桃でも見ているかのようであった。

二つの尻肉がまんまるに盛りあがり、清純そのものの純白パンティが、恥ずかしい谷間を隠している。

ムチムチした太腿の、得も言われぬ太さにも達彦は欲情した。

ズボンを脱ごうと片脚ずつあげてみせるたび、どちらの太腿もブルン、ブルンとセクシーに肉をふるわせる。

膝裏のくぼみがセクシーだ。ふくらはぎの筋肉がキュッとしまり、艶めかしく盛りあがる様にもこの年頃の少女ならではのエロスを感じる。

「ああ……」

とうとうこんなことをしてしまったと、後悔をしているようにも思えるため息だった。ズボンを脱いだ真希は立ちあがり、まるめたズボンを抱きかかえるようにして、その場に立ちつくす。

（おおお……）

達彦は感激した。

こうして見ると、肉感的ではあるものの、やはり十七歳ならではのういういしさに富んだ、若々しさあふれる身体である。

自分のような、三十代に手の届きそうな男が気やすく手出しをしていい少女ではないことを、あらためて突きつけられた気持ちになった。

その脚は、健康的な量感こそたたえていたが、とても長くて形もいい。

まだまだ発育途上の肉体とは言え、コーラのボトルを思わせる官能的なS字ラインを見せつけて、ますます達彦を興奮させ、股間の一物をいきり勃たせる。

（うお、うおおお……）

達彦の極太は、早くもバッキンバキンに勃起した。

またしても禁欲の日々をつづけたせいもあり、いやしい欲望をどす黒い肉幹にみなぎらせている。

「達ちゃん、裸になって」

こちらに背を向け、恥ずかしそうに首をすくめたまま、真希が言った。

「えっ」

聞き返すと、真希はさらに首をすくめる。

「わ、私だけ、こんな格好なんていや」

「あっ……」

「お願い。達ちゃんも早く裸に……あっ、でも、約束してね。決して私に触らないって。触らなければいいの。私を……私を見ながら……たまっているもの、いっぱい出して……」

「ま、真希……」

なんてやさしい娘なのだろう。

達彦は胸をしめつけられた。

言うまでもなく、まだ男を知らない処女のはず。

そんな乙女が男の前で裸になるだなんて、想像を絶する恥ずかしさであろう。

それなのに、この少女は苦しんでいる恋人をむげにできなかった。その結果、清水の舞台から飛び降りる覚悟で、こんなことをしているのだろう。

しかし、そこまでの価値が自分なんかにあるのだろうか——達彦は複雑な思いにかられた。

だが、あれこれ考えている余裕はない。

それほどまでに、ミドルティーンの半裸は鮮烈だった。思わず鼻息が荒くなり、気を抜けばすぐにも襲いかかってしまいそうだ。

(だ、だめだぞ。それだけは……それだけは!)

達彦は必死になって自分を制した。

そんなことをしてしまっては、それこそ鬼畜もいいところ。この純真な少女の想いを、裏切る行為にほかならない。

(ていうか、真希、気持ちはわかるけど……)

達彦はせつなくなった。真希の想いはいやというほどよくわかる。

かわいくもあり、ありがたくもあった。しかしこの状況は状況で、これまたひとつの生き地獄だ。

「た、達ちゃん、私にどうしてほしい」

こちらに背を向け、首をすくめたまま、声をふるわせて真希は聞いた。

「えっ」

「どうしてほしい。してほしいこと、し、してあげる」

それは、今にも泣きそうな声にも聞こえた。

恥をしのんでの必死な様に、達彦はあらためて、いとしい少女への熱い想いに胸をこがす。

(してほしいこと。ああ、それは、それはやっぱりどうしたって……)

衝きあげられるような激情をおぼえた。

本当なら「してほしいことなんてなにもないよ。ほら、早く服を着て」などと、男前なことを言ってやれたらどれほどいいだろう。

だが悲しいかな、股間の一物はビンビンと天に向かって吠えていた。このような状態で賢者になれるほど、残念ながら人間ができていない。

「ねえ、達ちゃん、私に——」

「み、見たい」

もう一度、真希が問いかけた。

そんな少女に声を上ずらせて達彦は言う。

「見たい。真希、お願い。見せて」

「オ、オマ×コ、真希のオマ×コが、み、見たい」

達彦の求めに、真希は息を呑んだ。

ああ、言ってしまったと達彦は恥ずかしくなる。

だが、口にしてしまったことはもうどうにもならない。開きなおって、達彦はなおも言った。

「お願い、見せて。絶対に触ったりしないから」

真希はこちらに向き直り、胸を隠しながら達彦を見る。

「ど、どうしても？」

「ひうう……」

即答する達彦に、真希は数歩あとずさった。弱々しくかぶりをふり、肉厚の朱唇を噛みしめる。

裸身を見た。おっぱいも見ることができた。となればあとは、男の望むものなんて決まっている。

「あああ……」

真希はまたしても彼に背を向けた。首をすくめる。太腿がプルンとふるえ、ふくらはぎがセクシーにしまる。

「そ、そうだよね。よく考えたら……男の人なら、そう答えるよね……」

やがて真希は、上ずりぎみの声で背後の達彦に言った。

「……いいよ」

ややあって、覚悟を決めたようにささやく。

「真希……」

「死んじゃうぐらい、恥ずかしいけど……達ちゃんが望んでくれるなら、み、見せてあげる……」

「あっ……」

真希は言うと、背すじを伸ばした。両手の親指をパンティの縁にかける。天を仰いだ。美しい黒髪が背中をサラサラと流れる。

「ふう……」

ひとつ大きく深呼吸をした。左右の足を交互に踏みしめるような動きをする。

そして、ようやく腹をくくってくれたか。

指先に力を加えると、前かがみの格好になった。

（ああ、真希）

美しい少女はバックに尻を突きだす。

迫力たっぷりのヒップの形が、さらにくっきりと強調された。

4

「は、恥ずかしい。あああ……」

……ズルッ。

「うおおっ」

……ズルズル、ズルッ。

「うおおお。うおおおおっ！」

達彦は昂った声をあげてしまう。

パンティの中から露になったのは、水蜜桃を思わせるうまそうな十七歳のヒップだった。

甘みをひそませたまんまるな尻肉の形とボリュームに、圧倒される心地になる。

しかも、当たりまえだが露出したのは、二つの尻肉だけではない。

双球がひとつにつながる部分は、さらに濃い闇に包まれていた。達彦は身を乗りだし、食い入るように尻渓谷を凝視する。

「おおお、真希……」

「い、いやあ。恥ずかしいよう……」

「動かないで。お願い。そのまま止まって」

「えっ、ええっ」

「お願い、お願い」

「あああ……」

達彦の求めに、真希はせつない声をあげた。

パンティを太腿の半分ほどまで下ろしたエロチックなポーズ。そのまま静止するよう求められ、そんな格好のまま、恥ずかしそうにかぶりをふる。

「だめぇぇ……」

「うお、おおお……」

達彦は間抜けな声をもらし、真希の背後ににじりよった。闇にまぎれる臀裂の底に、こげつくような熱い視線を注ぎこむ。

「ああ、見えた。真希のお尻の穴……」

「いやあ。言葉に出して言わないで。恥ずかしい、恥ずかしい……」

「お願い、もっと見せて」

恥じらって泣きそうな声を出す美少女に、達彦はさらにねだった。

「達ちゃん」

「お尻をつかんで左右に開いて」

「ええっ。そ、そんな……」

達彦の下品なねだりごとに、真希は仰天して声を引きつらせる。

しかし、達彦もゆずらない。

「見たいんだ。オマ×コだけじゃなくって、お尻も見たい。お願い、真希、ひろげてみせて」

「あああ……」

「お願い、お願いだから」

「うああ。うあああああ……」

「あっ……」

しつこく求められ、逃げられないと思ったか。

まるまったパンティを、太腿の半分ほどのところにまつわりつかせたままだった。

真希は下着から手を放す。

はちきれんばかりに盛りあがる二つの尻肉を指でつかみ――。

「恥ずかしいよう。恥ずかしいよう。うあああ……」

……くぱあ。

「うおおお。ああ、見えた。こ、肛門。真希の肛門！」

「い、いやあ。肛門なんて言わないで。恥ずかしいよう。あああ……」

持ち主が尻肉を左右に開いたことで、とうとう肝腎な部分がさらされた。達彦はさらにそこへと近づいて、食い入るように谷間の底を凝視する。

（おおお……）

美少女の秘肛は、淡い鳶色をしているように見えた。

皺々の肉のすぼまりが、見られることを恥じらうように、ヒクン、ヒクンとひくついている。

わずかに汗をかきはじめているようだ。

尻の底にも汗の微粒がにじみ、キラキラと弱々しい輝きを見せている。

「ああ、いやらしい。ま、真希、オナニーしていい？　こんな真希を見ながら、ち×ぽしごいていい？」

「あァン、達ちゃん……」

真希の許しを得る前に、達彦は行動に移していた。

着ていたパジャマを下着ごと、ぜんぶまとめて脱ぎすてる。ブルンと雄々しくしなりながら、フル勃起した男根が露になる。

「──ヒイッ」

どうやら達彦の股間にチラッと視線を向けたようだ。真希は驚愕の悲鳴をあげ、はじかれたように顔をそむける。

「おお、真希、恥ずかしいけど、もう我慢できない。こ、興奮する。興奮するんだ」

達彦はペニスを握りしめた。

もはやどうにもこらえが利かない。猿さながらに陰茎を、しこしこ、しこしことしごきだす。

「ハァァン、達ちゃん……」

真希は顔を真っ赤にし、そんな達彦をチラチラと見た。

「ああ、どうしよう。ち×ぽ、しごいちゃう。はぁはぁ。恥ずかしいのに……真希の前なのに、俺、ち×ぽ……ち×ぽ、しごいちゃう！」

「んああ。達ちゃん、あああ……」

真希はもう一度、はっきりと背後の達彦を見た。いやらしくしごかれる陰茎にも、興味をそそられて視線を転じる。

「うう……」

そんな自分に恥じらうように、少女はふたたび顔をそむけ――。

「し、しごいて。気持ちよくなって」

声を上ずらせて達彦に言った。

「真希」

「私を……オ、オカズ……オカズって言うの？」

「おおお、真希！」

「オカズにしていいから。妄想なんかじゃなくって、ほんとの私で興奮して。いっぱい気持ちよくなって。今まで我慢してたこと、今夜はぜんぶ吐きだして……！」

「真希、ああ、そうしたら……そうしたら――」

恥じらいながらも、それに耐えて悦ばせようとしてくれる少女に達彦は興奮した。もはや年上の男のつつしみも、大人としての余裕も失っている。息を荒らげて怒張をしごいた。美少女が開いてみせる尻の谷間に鼻面を近づけ——。

「……スンスン」

「ヒイィ。い、いや。匂いなんて嗅いじゃいや」

「逃げないで、お願い。ああ、甘くていい匂いがする。スンスン、スン……」

「いやあ。どうしよう。どうしよう。恥ずかしいよう。うー」

わざと下品な音をたて、小鼻を蠢かせて卑猥な部分のアロマを嗅いだ。

真希の体臭と、数時間前に使ったらしきボディソープの芳香が混じりあった甘い香りが尻の谷間から立ちのぼる。

嗅がれることを恥じらって、さらに肛門がヒクヒクと、さかんに収縮と開口をくり返す。

(ああ。これ、たまらない！)

「真希、今度はオマ×コが見たい」

闇の中での内緒の行為に、ますます興奮が増してきた。

しごく陰茎が甘酸っぱくうずき、透明ボンドを思わせる濃密なカウパーがドロリとあふれだす。

「ああン、達ちゃん……」

尻をひろげて谷間を公開した姿のまま、真希は天を仰ぎ、せつなさあふれるため息をこぼした。

「お願い。壁に背中をついて。そ、その前に、パンツぜんぶ脱いで」

達彦は興奮した声で真希にねだった。

真希は「ああ……」と、またも恥じらいの吐息をもらす。

ようやく恥ずかしいポーズから解放され、達彦に命じられるがまま、太腿にまつわりついていたパンティを脱ぐ。

（ううっ、す、すごい剛毛！）

達彦は、すばやく美少女の秘丘を見た。

そこには思いのほか豪快に、もっさりと秘毛が生え茂っている。

デカ乳輪に、剛毛密林――神さまは、なんといやらしい肉体を、この可憐な少女にお与えになったのだろう。

「ほ、ほら。真希、早く」

ひと足先に壁の前までにじりより、達彦は真希を待った。マングローブの森だけでなく、その下にある究極の部分が早く見たい。

「うう……」

全裸になった少女は、かわいく膝を折り、そっと足もとにパンティを置く。

恥ずかしそうに朱唇を噛みしめた。胸と股間を隠しつつ、内股ぎみの歩きかたで、彼のもとへ近づいてくる。

「壁に背中をつけて」

「ああ、達ちゃん、こ、こう……？」

達彦にしつこく求められ、真希は身体を反転させた。

泣きそうな顔つきになっている。柳眉(りゅうび)を八の字にたわめたまま、壁に背すじを押しつけた。

「ガニ股になって」

そんな美少女に、達彦はとんでもないねだりごとをする。すると、さすがに真希も面くらい――。

「ええっ。そんな。いや。ガニ股なんて恥ずかしい……」

いやいやと髪を乱してかぶりをふる。達彦の求めを拒もうとした。

しかし達彦は、もはや駄々っ子だ。

「してほしいこと、してくれるって言ったじゃない」

抗議しながら、膝立ちのまま身体を揺さぶった。ガチンガチンに勃った極太が、ししおどしのように上へ下へと肉砲をふるわせる。

「ひうう。達ちゃん……」

派手に揺れまくるペニスに、牝の本能をあおられるのか。

またしても真希はチラチラとそちらを見てしまい、そんな自分に恥じらうように、ギュッと目を閉じ、いやいやをする。

「お願い。ガニ股になって。そうしたら、今度は自分でオマ×コを開いて。俺は、そ、それを見ながら――」

達彦はまたしても怒張をつかんだ。

全裸の恋人を熱っぽく見あげる。

またしても、ねちっこい手つきで男根をしごきはじめた。甘酸っぱさいっぱいの快感に、天を仰いでうっとりとする。

「あぁン、達ちゃん……！」

「はぁはぁ……オナニーするんだ。ああ、気持ちいい……お願い、真希、ガニ股……ねえ、ガニ股……」

「た、達ちゃん、私、恥ずかしい」

「お願い、お願いだから」

「あああ……」

しこしことペニスをしごく達彦の股間に、真希は視線を吸いよせられた。

思いのほか大きな肉棒にけおされたか。それとも男が自慰をする、滑稽でいやらしい姿に、自らも痴情をあおられるのか。

「うあ、あああ……達ちゃんが……ち×ちん、しごいてるよう。ああ、いやらしい。達ちゃんが……気持ちよさそうに……ち×ちん、しごいてる……あああ……」

「はぁはぁ……気持ちいいよ。真希、俺、気持ちいい。だから、ねえ、もっと気持ちよくさせて。ガニ股になって、オマ×コ見せて……」

「あァン、達ちゃん……」

「見たい。見たい、見たい。お願い、真希……」

「ああ、達ちゃん……うああ……あああああ……」

肉棒をしごく達彦の姿に、美しい少女は催眠術にでもかけられたようになっていく。

明らかに彼女もまた艶めかしく発情し、平静な状態ではなくなってきていた。

「達ちゃん……こう？　ねえ、こう……？」

おもねるように言いながら、壁に背中をすべらせた。長い脚をコンパスのように開く。少しずつ、少しずつ、さらに腰を落としていく。

5

「うお、うおお……ああ、真希……爪先、もっと左右に開いて。もっと。もっともっと。ああ、そう……うわあ、すごい……ガニ股……ガニ股だああ」

「ひうう、恥ずかしいよう。ああ、困る。うあああ……」

とうとう真希はあられもない、下品なガニ股ポーズになった。達彦に命じられるがまま、百八十度近くまで左右に爪先を開く。

そのままグッと腰を落とした。思春期の少女がしていいものとは思えない、大股開きのポーズになる。

「いいなあ、いいなあ。たまらないよ、真希。さあ、オマ×コ、ひろげて……」

「うああ……ち×ちん、しごいてる……はぁはぁ……達ちゃん、気持ちいい？」

恥ずかしい行為の連続にも、痴情をあおられているのだったか。

真希は苦しげなブレスをくり返し、ドロリとにごったまなざしで、しごかれる達彦の巨根を見る。

「ああ、気持ちいいよ。はぁはぁ……わかる、真希？　いつか真希のオマ×コに入るち×ぽだよ。ああ……」

「はぁはぁ……い、いやらしい……達ちゃん、気持ちよさそう……いやらしいよう。いやらしいよう。達ちゃんがち×ちん、しごいてる」

清楚な少女は美貌を赤らめ、憑かれたように達彦の自慰を見た。

ミドルティーンの裸身に、はしたないうずきが走るのだろう。壁に背中を押しつけて、プリプリ、プリプリと尻をふる。

「はぁはぁ……達ちゃん……」

「み、見せて。自分でひろげて。くぱあって言いながら、オマ×コをひろげて」

「く、くぱあって、なに？」

「いいから。いいから。ほら、早く」

達彦はあおった。身体が火照り、少しずつ発汗しはじめている。

それは真希も同じだった。みずみずしい裸身が淫靡に火照っていることは、汗の微粒が証明している。

「はあぁ、達ちゃん……」

「さあ、早く。見せて、真希」

「だ、誰にも言わない？」

上ずった声で真希は聞いた。達彦はかぶりをふり――。

「言うもんか。二人だけの秘密だよ。ああ、真希、早く」

「達ちゃん、恥ずかしい」

「早く。お願い」

「あああ、ああああああ」

一重の目は、さらに艶めかしくうるんできた。達彦は少女もまた、妖しく発情してきたことを、闇の中で確信する。

決して涙によるものだけではないはずだ。

「アアン、達ちゃん……」

とうとう真希は、達彦にしたがった。伸ばした二本の人さし指を、股のつけ根へと近づける。

「はぁはぁ……ああ、真希……」

達彦は、さらににじりよった。かぶりつきの特等席で、とんでもないシーンをあまさず網膜に焼きつけようとする。

股間に伸びる少女の指はふるえていた。

白い秘丘にビッシリと縮れた黒い毛が密生している。二本の指がその上を通過した。

擦りたおされた縮れ毛があらぬかたへと毛先を向ける。

「ああ、恥ずかしい……恥ずかしい……」

真希の指は陰唇に達した。

ギュッと目を閉じ、唇を噛み、羞恥心と戦っている。

「さあ、真希……お願い……」

「ああああ……」

「真希……」

「うあああ。く、くぱ……くぱあ……」

……ニチャッ。

「うおおおおっ！　ああ、真希っ！」

ついにはしたないオノマトペとともに、少女は自ら淫肉を開いた。

ガニ股に腰を落とし、品のないポーズになったまま、左右から伸ばした人さし指で、
未開の牝園を開帳する。

「うお、うおお……」

達彦はいとしい少女の股間へと顔を突きだし、眼福ものの眺めを凝視した。

「ヒイィ。いやっ……そんなに近くで見ないで。ああ、だめぇ……」

「おお、いやらしい。いやらしいよ、真希。ああ、たまらない！」

清楚な少女がしてみせる、煽情的なポーズのせいもあるだろう。さらされた女の部分は、鮮烈なまでの生々しさを見せつけた。

閉じていたいはずの肉扉が、菱形状にひろげられている。無理やり開花させられたせいで、横長の不自然な菱形になっていた。

露になった粘膜は、サーモンピンクの色合に思える。闇の中でもねっとりと、思わぬぬめりを見せつける。

（ぬ、濡れてる？）

達彦は興奮した。

まさかこれほどまでに膣が濡れているとは思わない。意外にいやらしい身体を持っているらしい美少女に、情欲をそそられる。

蓮の花状に開いた陰唇は、小さめに見えた。

いかにも少女の持ちものらしく、エロチックなのにみずみずしい、健康的な官能味を感じさせる。

それなのに膣穴がひくつくたび、たしかに真希は卑猥な発情汁を惜しげもなく分泌させた。

ニヂュッ、ブチュッと鼓膜を酔わせる音をたて、ねばりにねばった愛蜜が、泡だちながらあふれだす。

（うおお。マジか）

「ああ、達ちゃん……いや。そんなにいっぱいおち×ちんしごかないで。あっ、だめ……いやン、い、いやらしい……」

うっとりと女陰を見ながら自慰をする恋人に、真希は艶めかしい声をあげた。その目はますます妖しくうるみ、もれだす吐息にもいちだんとせつなげな切迫感が増す。

（あっ……）

達彦は声をあげそうになった。

見れば少女の牝園も、ますます卑猥にひくついている。

泡だつ愛液をいっそうドロドロとにじませて、いやらしい粘膜をさらに生々しくぬめらせていく。

「ま、真希」

「あぁ、達ちゃん、いやらしい……」

「そんなこと言ったって。こんないやらしいものを見せられたらしごいちゃうよ。ねえ、精子……どこに出せばいい」

上下にペニスをしごくたび、肉棹と亀頭の感度があがる。

射精へのカウントダウンをはじめそうになっていた。指の腹でカリ首を擦れば、甘酸っぱさいっぱいの快さが火を噴く強さで湧きあがる。

「ハァアン、達ちゃん……せ、精子……精子……あああ……」

達彦に最後のときが近づいてきたことがわかり、ガニ股姿の美少女はうろたえた。どこに射精をさせるかなどということまで、考えていないのが当然である。

だが――。

「ねえ、真希、どこに――」

「わ、私にかけて」

なおも問いかける達彦に、意を決したように少女は言った。

「ああ、真希……」

卑猥な被弾を決意した乙女に、達彦は燃えあがるような激情をおぼえる。

そんなことをしてはだめだとわかっているのに、淫華をひろげる女子高生に獰猛（どうもう）な性欲が高まってしまう。

（ああ、やばい。俺……俺っ――）

「かけていいから。私にかけていいよ、達ちゃん。ねえ、どこにかけたい。顔、それとも、あの、お、おっぱい――」

「おお。真希、かわいいよ。かわいい、かわいい！」

「きゃあああ」

ついに達彦は暴発した。

決して触ってはならないと、言いふくめられたはずだった。

それなのに、気づけば真希にむしゃぶりつき、布団の上へと引っぱって強引な力で押したおす。

「あああ。達ちゃん、だめ。約束が違う」

真希は必死にささやき、恋人の蛮行をなじった。パニックぎみに四肢をばたつかせ、おおいかぶさろうとする裸の達彦を拒絶する。

「わ、わかってる。わかってるけど、もうだめ。我慢できないんだ、真希」

自分がしていることが正しいなどとは、これっぽっちも思っていない。

だが男には、やむにやまれぬこともある。わかっていてもどうしようもないことだってあるのが男と女ではないか。

あらがう恋人の手を払い、達彦は強く抱きすくめようとする。

「きゃあ。だめ、こんなことしちゃ。お母さんにばれたら、私たち——」

「真希、我慢できない。わかってる。こんなことしちゃだめだって。でも、俺——」

「なにをしているの！」

そのときだった。

闇の中に、とつぜん第三の声がひびく。

飛びあがりそうになった。真希も同じようである。

二人してビクッと身をふるわせた。

はじかれたように、お互いに相手の身体から身を離す。

「あっ……」

声のしたほうを見て、達彦は息を呑んだ。

「——ヒイィ」

胸と股間をあわてて隠し、真希も悲鳴をあげる。

「な、菜穂……」

真希の声は、哀れなまでに上ずっていた。

達彦は言葉もなく、部屋の戸口に目を見張る。

闇の中に、痩せっぽっちの少女がいた。
いつもよく見るブルーのパジャマ姿。
なじるように、姉と達彦を鬼の形相で睨みつけた。

第三章　肉体にひそむ悪魔

1

「別に話すことなんて、なにもないんですけど」

けんもほろろとは、このことだ。

硬い顔つきのまま、菜穂はうねるようにつづく、豪奢な階段をのぼっていく。

「そ、そんなこと言わないで。ちょっとだけでいいから……」

そんな女子中学生に、達彦はすがった。

彼女を追い、弓野家の階段を二階へとあがる。

菜穂は、彼女がかよう私立中学校の制服姿である。

深い色合をした濃紺のセーラー服。襟やカフスに流れる白い三本線も印象的な、いかにもお嬢様然とした制服だ。

外では着ていたピーコートを片手に持ち、スカートの裾をひるがえす。

達彦は菜穂の帰りを、通学路の途中で待ちぶせた。

その近くにはカフェもあるため、そこにでも誘って話をしようと思ったのだ。

そのために、会社も早引けしてきていた。

自分と恋人がおちいった絶体絶命のピンチを前にしては、はっきり言って仕事どころではない。

ところが菜穂は、達彦の誘いをがんとして拒んだ。人目もはばからず、追いすがる彼を完全に無視し、自分の家へと戻ってきた。

達彦はそんな菜穂を説得しつつ、一緒にここまできたところである。

日が暮れるまでにはもう少し時間の残る、夕方の時間帯。ただでさえ広い館の中は、いつも以上にがらんとしている。

綾子は学校帰りの真希と待ちあわせ、大好きだというオペラ鑑賞に出かけていた。

そんな状況のせいもあり、菜穂と話すなら今日しかないと、会社を早引けしてまで機会を作ったのである。

それほどまでに、一週間前の一件以来、事態は硬直していた。

真希は何度も、妹と二人で話をしようとした。

なりゆきであんなことになってしまったものの、決して最初から達彦とセックスをしようとしていたのではないと、必死になって訴えた。

しかし菜穂は、聞く耳を持たなかった。

中学生という年ごろならではの潔癖さによるものなのか、菜穂という少女が本質的に持っている頑迷さのせいなのかはわからない。

だがいずれにしても、真希は妹の説得に失敗し、逆に条件を出された。

——十日以内に、あの人を家から出ていかせて。リミットまでに言うことを聞かなかったら、私、お母さんにぜんぶ暴露するから。

お手あげになった真希は妹を持てあまし、かわいそうなぐらい焦燥した。

達彦は、自分が家を出ていけばすむことならそうすると主張した。

だが、真希から「お母さんにどう説明するの」と反駁(はんばく)され、それ以上なにも言えなくなった。

憔悴(しょうすい)し、食事も満足に喉を通らなくなった恋人に責任を感じた。

こうなったらなんとしてでも謝って、菜穂に許しを得なければと覚悟を決め、今日がチャンスとばかりに行動に出た。
しかし、菜穂はとりつく島もなかった。
ひとまわりも年上の達彦にも臆することなく、堂々とした態度で完全拒否をつらぬき
つづける。
「な、菜穂ちゃん」
ドアを開け、自分の部屋へと少女は入っていく。達彦は菜穂のあとを追い、彼女の
部屋へと足を踏みいれた。
菜穂の私室に入ったのは、はじめてだ。
広大な二階には、約三十帖もあるリビングルームのほか、洋室が二つ、和室がひと
つある。
そして真希は、リビングの奥にある洋室を、妹の菜穂は、そんな姉の部屋とは対角
線状に位置するリビングから離れた洋室を、それぞれ自分の部屋にしていた。
菜穂の部屋もまた、だだっ広かった。たぶん十五帖ぐらいはあるはずだ。
室内のインテリアは、白とピンクで統一されていた。
センスのよさを感じさせるのは真希や綾子とも似ているが、それでもまだまだ中学
生らしい幼さを感じさせるインテリアである。

真っ白な壁。真っ白な書棚。

勉強机も純白ならば、小さなテーブルも白い。

一方、窓にかけられたカーテンは淡いピンク色。

部屋の一隅を占有する、ゆったり目のベッドのカバーもパステルピンクなら、テーブルの下に敷かれたカーペットも同じような色合だ。

ひとことでいうなら、ファンシーな感じのする部屋であった。潔癖な気質を物語るかのように整理整頓が行きとどき、なにもかもが整然としている。

「少しだけでいいんだ。話をさせて」

「すみません。着がえたいんですけど」

机に鞄とコートを置き、いかにも迷惑そうに菜穂は言った。

「あっ、ごめん……」

着がえたいと言われて、しつこくはできない。達彦はひるみ、あわてて部屋を出ようとした。

（あっ……）

だが、入口のドアに内鍵があることにふと気づく。

部屋を出るなり、鍵などかけられてはたまったものではない。達彦は思いなおし、もう一度菜穂のほうを見る。

「すみません。私、着がえ」

「その前に少しだけ。ね、菜穂ちゃん、このとおり」

達彦は両手をあわせて菜穂をおがんだ。

大人の男の矜持(きょうじ)もへったくれもない。なにしろ切り札は、この十四歳の少女の手のうちにある。土下座をしたら許してやると言われたら、喜んで土下座だってなんだってするだろう。

「ふう……」

達彦の懇願に、いい加減うざいんだけどというような本音を隠そうともしなかった。

菜穂はあらぬかたを見てため息をつく。

そしてそのまま、達彦のほうを見ようともしない。

「菜穂ちゃん……」

達彦は菜穂に、必死に語りかけた。

「あの日のことはぜんぶ俺が悪いんだ。お姉ちゃんは、ぜんぜん悪くないんだよ」

「………」

「嘘じゃない。お姉ちゃんはね、俺とあんなことをするために部屋に来たんじゃないんだ。じつを言うと、お姉ちゃんは——」

「わかっています」

説明をしようとする達彦を、クールな声で菜穂はさえぎった。

「……えっ」

「わかっています。私の姉です。どんな人なのか、誰よりもわかってる」

達彦のほうを見た。

挑むかのような目つきである。

敵意のこもったその視線に、達彦は息を呑む。

「な、菜穂ちゃん……」

「私、反対です」

「……えっ」

「あなたみたいな人に……お姉ちゃんと結婚してほしくない」

「菜穂ちゃん……」

「だって……だって——」

「…………」

菜穂の朱唇がわなわなとふるえた。

「だって」のあとにつづく言葉が聞きたかった。

達彦は固唾(かたず)を呑んだまま、あどけない少女をじっと見た。

2

(だって……だって……)

あなたのこと、大嫌いなんだものと言えない自分が悔しかった。菜穂は達彦から目をそらし、朱唇を嚙みしめる。

はじめて姉に紹介されたときから、ドキドキとした。えっ、なにこの気持ちと、自分で自分がわからなかった。

ひとまわりも歳の離れた男である。

菜穂たちの年ごろからしたら、おじさんもいいところ。

そんな男性——しかも、大好きな姉から恋人と紹介された男性に、不覚にも胸がときめいてしまっただなんて。

ひょっとしたら姉も自分も、ちょっぴりファザコンぎみなところがあるのかもしれないと菜穂は思った。

早くに父親を亡くした影響は、こんなかたちで出てくることもあるのかもしれない。

(こ、こんな人の、なにがいいの)

もう一度、達彦を睨む。

けおされたように達彦が、のけぞりぎみにあとずさった。

悔しい。悔しい、悔しい——。

だって、平凡を絵に描いたような男である。イケメンでもなければ、脚が長いわけでも惚(ほ)れぼれするほど長身というわけでもない。

それでも姉がこの人を選んだ理由は菜穂にもわかる。なによりも、この人といるとなんだか毎日とてもほっこりとできそうだ。

(やっぱりむかつく)

自分にこんな思いをさせるこの男が許せなかった。

決して心から、姉と別れてほしいだなどと思っているわけではない。ただ、この人がそばにいると、なんだか毎日落ちつかない。

ほっこりできそうな人なのに。

この人と心からほっこりできるのは、真希だけなのだ。

自分は選んでもらえない。どこまでいっても恋人の妹——そして将来は、妻の妹にすぎないのである。

「だって……なんだい、菜穂ちゃん」

おそるおそるという感じで、達彦が聞いた。

菜穂はハッと我に返る。

気づかわしげな顔つきで、姉の恋人がこちらを見ていた。

（ああ……）

なんだか顔が火照ってくる。そんな自分に腹がたった。

「なんでもない」

言葉づかいは不機嫌さを増した。顔の熱さが増すのがわかり、いたたまれなさがますますつのる。

真っ赤になっている自分なんて見られたくない。

大人の男が簡単に手など出せない女子中学生。しかも自分で言うのもなんだけれど、これでも男にはモテるほうだ。

それなのに、こんな男に顔が熱くなるだなんて。気づかれでもしたら、どうしていいのかわからない。

菜穂は居心地が悪くなり、部屋から足早に出ていこうとした。

「ちょ、ちょっと待ってよ」

するど、達彦に腕をつかまれた。達彦は困惑した様子で眉を八の字にする。

「どうして、お姉ちゃんと結婚してほしくないの。理由があるんでしょ」

「知らないい」

「知らないって……」

「放してよ」

菜穂は姉の恋人の手をふりはらおうとした。

しかし達彦は、納得できる答えが聞けるまで、ぜがひでも放さないとでも言うかのようだ。

必死に菜穂の手をつかみ、真剣なまなざしでこちらを見る。

そんな達彦にますます浮きたった。トクン、トクンと心臓がせつないまでに激しく鳴る。

その音が聞こえてしまうのではないかと不安に思うほどだ。

「放してよ。いや、放して」

顔が火照るのを感じた。達彦の手をふりほどこうとする。

しかし、達彦も必死なようだ。菜穂に負けじと、ますますその手に力をこめる。

「菜穂ちゃん、お願い。落ちついて。どうしてそんなに俺を嫌うの」

――嫌ってなんかいないない。ばか。なにも気がつかないくせに。

「知らないって言ってるの。ちょっと、放してよ」

あらがう態度は、自然にヒステリックになった。菜穂は頬をヒリヒリさせつつ、必死に四肢をばたつかせる。

揉みあう二人は、力比べのようになった。出ていこうとする菜穂に、達彦も一歩もゆずらない。

「菜穂ちゃん、聞かせて。どうしてそんなに俺が嫌いなの」

――ばか。ばかばかばか。ああ、私、今、この人の身体に触れている。

「放してよ。大声、出すよ」

「そんなこと言わないで。納得できたら、この家を出ていってもいい」

――いや。出ていかないで。そばにいて。そして、えっと、そして……。

「放して」

「菜穂ちゃん」

やけを起こしたように、菜穂は暴れた。

「喉が渇いたの。放して」

「落ちついて」

そんな菜穂を、達彦はさらに力を加えて拘束しようとする。

もつれあった。バランスをくずしかける。それでも菜穂はさらに暴れた。

「菜穂ちゃん」

「放して。放してって言ってるの！」

「わわっ」

「きゃあああ」

渾身の力で、達彦の拘束を解こうとした。その場を逃げだそうと駆けだすと、達彦の脚とからみあう。

世界がかしいだ。二人の悲鳴が交錯する。

菜穂と達彦は、団子のようにくっつきながら転倒した。

（えっ）

菜穂は息を吞む。

あわてた達彦が、彼女を守ろうとするような動きを見せた。瘦せっぽっちの身体をかき抱き、すばやく身体を回転させる。

「ううっ……」

「あっ……」

達彦は菜穂を抱いたまま、背中から床に倒れこんだ。鈍い音が部屋にひびく。

(お、お義兄ちゃん、大丈夫?)

心で達彦を呼んだ。鼻の奥がつんときた。

ばか。ほんとにこの人は、ばか。

そして私は、この人よりさらにばかである。

3

「な、菜穂ちゃん、大丈夫? いてて……」

腰にするどい痛みが走った。

抱きすくめた菜穂を気づかいながら、達彦は思わず不様にうめく。

仰向けになってフローリングの床に倒れこんだ。真希の妹は、そんな達彦におおいかぶさっている。

「………」

むくりと菜穂が上体を起こした。

不機嫌そうに、こちらを睨みおろす。先ほどから怒りがあまりに増すせいか。少女の美貌はずっと真っ赤に染まったままだ。

「菜穂ちゃん、ごめん。あの、へ、平気——んむうっ……」

（えっ、ええっ）

達彦は思わず目を見開いた。

頭が真っ白になる。いったいなにが起きたのか、すぐにはわからない。

だって、そうだろう。

どうして菜穂が、自分にキスなんかしているのだ。

「んっ……んっんっ……おにい……んっ……」

菜穂は目を閉じていた。右へ左へと小顔をふり、なにかを言いかけ、あわてて言葉を呑む。

「ちょ……むんぅ、な、菜穂ちゃん、待って……んっんっ……むあぁ……」

どうやら誤って唇を重ねてしまっただとか、そういうことではないようだ。そもそも間違って唇を重ねることなどないだろう。

ぎこちないながらも、情熱あふれるむさぼりかた。十四歳の女子中学生は、自らの意志でグイグイとやわらかな朱唇を押しつける。

しかも、気づけば少女は自分から達彦をギュッと抱きしめてもいた。

「ちょ、ちょっと……菜穂ちゃん、むンンぅッ……」

「ばか……ばかばか……あなたなんか……あなたなんか……んっんっ……」

少女は罵倒しながら、なおも狂おしく接吻をした。口からもれる甘い匂いが、達彦の鼻腔を刺激する。

(あああ……)

それは、熱っぽさあふれるキスだった。いたいけな少女が、小さな胸の奥深く秘めていた想いに、ようやく達彦は気づく。

(それじゃ、菜穂ちゃんは俺のことを)

思いがけない真実に、はっきり言ってとまどった。

嫌われていたのではなく、むしろ正反対――。

だが、ようやく知ることのできた意外な真実は、安堵とともに新たな苦悶も、あらためて達彦にもたらした。

「んっんっ、菜穂、ちゃん、ムハァ……」

「はぁはぁはぁ……んっ……」

……ぴちゃ。ちゅう、ちゅう。ンヂュッ。

(や、やばい)

やわらかな唇を押しつけられるたび、股間がキュンと甘酸っぱくうずく。

技巧など、これっぽっちもない生々しい接吻。

だが、それがよかった。逆に昂りをおぼえた。

剝きだしの想いのまるごとが、菜穂の唇から、自分を抱きすくめる細い身体から、鮮烈なまでに伝わってくる。

「菜穂ちゃん、あっ……」

すると、菜穂はとつぜん唇を離した。

唇と唇の間に、ねばつく長い糸が引く。

菜穂は達彦を抱きしめたまま、身体を反転させた。攻守ところを変えるかのように、今度は自分が仰向けになり、うるんだ瞳で達彦を見る。

「さ、させてあげる……」

「えっ、わわっ」

挑むかのような口調で言われた。とまどう間もなく片手をとられ、小さな胸へと押しつけられる。

「菜穂ちゃん……」

「こ、これでも学校ではモテるんだよ。嘘じゃないもん。私とこういうことしたいって男の子、ほかのどんな女子より多いし。それに……それに……男の先生だって、私のこと、変な目で見る先生、いっぱいいるし」

「な、菜穂ちゃん……」

「させてあげる。させてあげる」

揉んでと言うように、達彦の指に指を重ね、自らおっぱいをまさぐった。

「あああ……」

「あっ、はうう……」

わずかにふっくらとふくらんだ、蕾のような乳房。硬さとやわらかさが同居した禁断の肉塊が、二人の指の下でふにふにとひしゃげてはずむ。

「おおお、待って……」

達彦は激しくうろたえる。

こみあげてくる劣情と、理性の狭間で浮き足だつ。

（真希、ああ、真希……）

頭の中いっぱいに蘇るのは、顔だちも心もきれいな十七歳だ。そんな少女に対する真摯な思いには、いつだって嘘やいつわりは微塵もない。

それなのに――。

(うお……うおおお……)

そのかわいい妹のおっぱいを揉んでしまうと、真希への想いとは裏腹な、ほの暗い欲望がペニスとともに肥大してくる。

――中学生。十四歳。真希に負けない、魅惑の美少女。

住む世界の違う、そんな娘に想われていただなんてと思うと、度しがたい激情が、達彦の理性をあっという間にドロドロにする。

(ああ、だめなのに。こんなことしちゃ……でも……ああ、でも――)

「し、したくないの? 私にこんなふうにしてもらえる男、はっきり言って――」

「ああ、菜穂ちゃん……」

「ひゃあああ」

もうだめだと、達彦は自ら地獄に堕ちた。

あらためて、美しい少女にむしゃぶりつく。渾身の力でかき抱き、白いうなじに唇を吸着させる。

「ひゃああン。いやぁ……」

「はぁはぁ。菜穂ちゃん、菜穂ちゃん、菜穂ちゃん」

……ちゅうちゅう。ちゅぱ。

「あっあっ。い、いや。くすぐったい。あっ、いや……あああ……」

下品な音をたてて首すじを吸う。

思いがけない敏感さで、菜穂はビクビクと身体をふるわせた。

つんとすましたクールな少女の、意外にいやらしい大胆な反応。達彦はますます興が乗る。

菜穂がとまどい、いやがって暴れれば暴れるほど、白いうなじにキスをした。セーラー服越しにつかんだ乳を、もにゅもにゅ、もにゅもにゅと揉みしだく。

「あっあっ。いやン。待って……あン、なにこれ……ちょ……きゃン……」

「おお。菜穂ちゃん、身体、敏感なんだね。んっんっ……」

……ちゅっちゅ。ちゅう、ちゅぱ。ちゅっちゅ。

「きゃン。きゃン。いや……ちょっと待って……違う。私、敏感なんかじゃ——」

「敏感じゃないか」

「きゃあ」

それは、不意打ち同然の責めだった。

達彦は身体をずらし、いきなりセーラー服のスカートをたくしあげる。

可憐さと清純さを感じさせる白いパンティが露になる。

（おお……）

峻烈な光景に浮きたった。

いかにも中学生の下着らしく、セクシーさとは縁遠い、面積の大きなパンティ。

だが、逆にそれが官能的だ。

達彦はそんなパンティにも情欲をあおられながら、少女の股のつけ根に指を伸ばし、下着の上からワレメをなぞる。

「きゃあああ」

そのとたん、菜穂の喉からほとばしったのは、我を忘れた悲鳴だった。日ごろの態度がおとなびているせいで、とり乱した姿とのギャップが印象的である。

4

「菜穂ちゃん、感じるの。ここ、感じる？」

……くにゅくにゅ。スリスリスリッ。

「ひゃあ。ちょ、ちょっと待って。待って、待って」

少女は動転した。

自分の身体の思いがけない過敏さにうろたえているのは明らかだ。

（ああ、それじゃ……）

そんな十四歳の過剰ともいえる反応に、達彦はますます興奮した。

母の綾子は、まがうかたなき痴女だった。

姉の真紀の身体にも、母から受け継いだＤＮＡが宿っているかもしれないと、あの夜、達彦は確信した。

（同じものが、この娘の身体にも）

組み敷いた乙女を見下ろし、股間の秘割れを指でさすりながら、息づまるほどの劣情をおぼえる。

母も痴女。たぶん姉もそう。

そして、姉が本当に痴女かどうかをたしかめる前に、妹の身体の真実を、たしかめることになろうとは。

「おお、菜穂ちゃん……」

「きゃあああ」

暴れる少女を拘束し、抵抗を封じた。

先ほどまでとは別の方角からうなじを吸う。

そうしながら、パンティの縦スジにググッと指をさらに埋めた。上へ下へ、上へ下へと、スジをあやしてはクリ豆を撫であげる。

「ひゃああ。ちょ、なにこれ。いやン、ちょっと待って。お義兄ちゃん、待って」

「えっ」

「あっ……」

達彦は歓喜に胸をふるわせた。菜穂はしまったという感じで目を見開き、あわてて顔をそむける。

「菜穂ちゃん、俺のこと、お義兄ちゃんって呼んでくれたの」

「ち、違うもん。違う」

「呼んでくれたじゃない」

「ああああ」

あふれだす喜びは制御しがたかった。

あらためて、少女の首すじにふるいつく。

うなじから耳へとねろねろと舌を這(は)わせ、耳たぶを舐め、耳の穴を舐め、菜穂のそれらをドロドロにする。

「ああン、いや……きゃン、きゃン」

相変わらず、ワレメとクリトリスへの責めはつづけていた。

首すじや耳を、執拗に舐めながらの局所責め。

強い電気が荒れ狂う電極でも押しつけられたかのように、菜穂はさかんに身をふるわせ、痙攣のたびにうろたえるような、恥じらうような顔つきになる。

「ああ、いやあ……」

「感じてるんだね、菜穂ちゃん」

「か、感じてなんか……わ、私、まだ中学生だよ。大人とは違う──」

「違わないよ」

「きゃああ」

懸命に言いつのる少女に、最後まで言わせなかった。すばやく位置を変え、菜穂の股間に両手を伸ばす。

よれたようになるパンティの縁に指をかけた。一気にそれをヴィーナスの丘からずり下ろす。

「いやああ」

「おおお、菜穂ちゃん……」

中から現れた眼福ものの光景に、達彦は感激した。

幼かった。

はっきり言って、こんなものを生で見るのは犯罪だ。

いかにもこれは中学生。

いや、へたをしたら小学生の女の子の持ちものにさえ見える、幼さあふれる女陰である。

大福餅を思わせる肉土手がこんもりと盛りあがっていた。

新雪に、桜のエキスをブレンドしたような美肌の色合は、母親ゆずりで姉とも似ている。

しかし真希と違うのは、いかにもはかなげな陰毛の繁茂だ。

すっとひと刷(は)けすいたかのような、淡い茂みがひかえめに秘丘をいろどっていた。

黒ではなく、茶色にも見える秘毛の色艶は、まるで猫毛を思わせる。

ようやく生えはじめたばかりなのだと説明されたら、信じるしかないういういしさ。

そうしたあどけなさを感じさせるのは、恥毛の下の陰唇が、これまたあまりにもウブな眺めをさらしているからだ。

（うおお……）

達彦は唾を飲みそうになる。

やわらかそうな肉大福に、縦ひとスジの線が入っていた。

線。

そう、まさにこれは線である。

くっきりと走る縦線の周縁に、大陰唇のふくらみが左右からまるみを与えていた。

小陰唇のビラビラもはみだしておらず、ひとことで言うなら、やはり子供。

自分は今、子供と性行為をしようとしているのかと、うしろめたい背徳感がゾクゾクと増す。

(こんなに幼いオマ×コなのに、身体は痴女体質だなんて……)

まだそうと決まったわけではないが、そう思うと、衝きあげられるような劣情にかられた。

中学生で、痴女。

しかも本人ですら、そうとは知らない——。

(こ、こいつはたまらん！)

いけないことだとわかっているのに、達彦は誘惑に負けた。こんな男はやはり真希には似つかわしくないとうしろめたい気持ちになりながら。

「ああン。だめ……」

足首からパンティを脱がせようとすると、菜穂は脚をばたつかせた。

そのせいで、下着を完全には脱がせられない。片脚にまつわりついた白い下着は、菜穂が激しく暴れるせいで、ふたたび膝まで戻ってしまう。

「はぁはぁ……菜穂ちゃん」

「きゃあああ」

あらがわれればあらがわれるほど、驚くばかりに昂った。

達彦は少女の膝裏をガッシとつかむと、身も蓋もないガニ股姿に、可憐な少女をおとしめる。

「ああ、いや。こんな格好、いやあああ」

案の定、菜穂は恥じらってさらに暴れる。剝きだしになった下半身は、魅惑の白さを見せつけた。

すらりと脚が長く、形もいい。モデルのようだと達彦は思った。

子供から、大人の女性へと大きく変わっていく、その入口あたりの体つき。

惚れぼれするような美しい脚を、下品としか言いようのないM字開脚姿にさせた。

濃紺のソックスに包まれた脚の先が揺れ、少女はいやいやとかぶりをふる。

「いや。いやあああ」

「菜穂ちゃん、びっくりしちゃだめだよ」

パニックぎみになる菜穂に達彦は言った。すると、少女は動きを止める。

「……えっ」

「びっくりしないでね、自分の身体に。んっ……」

そう言うと、少女の股間に顔を近づけた。すばやく舌を飛びださせ、幼いワレメをれろんと舐める。

「きゃあああああ」

(おお、すごい反応)

達彦は快哉を叫びそうになった。

思ったとおり——いや、思っていた以上の反応だった。

ひとスジの縦線を舐められただけで、菜穂は床から飛びあがる。波打つ動きで背すじをそらし、尻を跳ねあげて床へと落ちる。

「すごいね、菜穂ちゃん」

しびれるような興奮に憑かれた。

見あげると、少女はなにが起きたのかわからない顔つきで、おびえたように達彦を見返す。

「あ、あの、私……あの——」

「恥ずかしがらなくてもいいんだ。んっ……」

……ねろん。

「きゃああああああ」

舌の第二撃を加えると、またしても少女は雷に打たれた。

細身の身体をバウンドさせる。

羞恥と衝撃の双方をもてあまし、おびえたように目を泳がせ、必死になにかを言おうとする。

「あの、あの……達彦さ——」

「お義兄ちゃんでしょ」

……れろん。れろん。

「ひゃああああ。ひゃあああああ」

「お義兄ちゃんって呼んでくれたじゃない、違う？」

……ねろねろ。ねろん。

「ああああ。待って。ちょっと待って。お願い——」

「だめ。待たないよ。んっ……」

……ピチャピチャ。ねろん。ねろねろ。

「あああああ。い、いや、私ったら――」

はじけてしまう淫声に、菜穂は本気でうろたえた。

両手で口を押さえつける。ギュッと両目を強くつむる。

なにがあろうとこれ以上、変な声など出さないと自分に言って聞かせるように。

ところが――。

「おお、菜穂ちゃん……」

ワレメの上に鎮座するクリトリスを、達彦はねろんと舐めあげた。

「ンンッププウッ」

必死に口を押さえるも、めくるめく快感はこらえようがない。

「菜穂ちゃん、菜穂ちゃん」

……れろん。れろれろ。れろれろれろれろ。

「ンンッ。ンンンシゥッ。ンンンンゥウゥッ」

達彦はたくみに舌を使い、肉の莢から豆を剝いた。今度は剝き身の陰核をサディスティックにビビンと舌ではじく。

「ンンンップププウゥゥッ」

「そら、菜穂ちゃん。そらそら、そらっ」

……ビビン、ビン。

「ンムゥあああっ。ああ、やめて。それやめて。あああああ」

とうとう手で蓋などしていられなくなった。菜穂ははじかれたように万歳の格好になる。

「感じるんだね。ああ、いやらしい身体だ。たまらない。んっんっ……」

「あああああ。ああああああ」

達彦は執拗に責めたてた。美しい少女はいやいやと右へ左へと尻をふる。

それでも達彦は動じない。ワレメへ、クリ豆へ、ワレメへ、クリ豆へと、怒濤の勢いで舌を這わせる。

「あああああ。なにこれ。なにこれ。ヒイィ。ヒイイィ」

菜穂は背すじを何度もしならせ、小刻みに身体をふるわせた。

そうとう気持ちがいいはずだ。

没我の顔つきであんぐりと口を開け、我を忘れた吠え声を恥も外聞もなくほとばしらせる。

(ああ、菜穂ちゃん……)

達彦はうっとりとした。

見るがいい、この娘を。

どうしようもなくなってきている。

あんなにつんとすましていたのに。いつだってクールな仮面で自分をいつわり、勝ち気な態度をくずさなかったのに。

自分の身体にひそんでいたとんでもない悪魔に今、少女はやっと気づいた。

「はぁはぁ。菜穂ちゃん、そらそらそら」

……ピチャピチャピチャ！

「ああ。あああああ。なにこれ。なにこれえええ」

(おお、汁がいっぱい出てきた)

菜穂の秘割れを舌でこじりつつ、達彦はさらに興奮した。舐めあやされたあどけない恥裂は、いよいよ卑猥な開花を加速させる。

小さなワレメを蓮の花のようにひろげた。

中学生が分泌していいものとも思えない、ねばりに満ちた濃い蜜を、ドロリ、ドロドロと愛らしい膣穴からあえぐようにしぼりだす。

「ああ。ああ、困る。ああああ」

しぼりだしているのは愛液だけではなかった。

ほとばしる声にも苦しげなものが増し、いつもは涼やかなトーンなのに、今はかすれて低くなる。

「おお。菜穂ちゃん、そら。そらそらそら」

暴れる身体を押さえつけた。

荒い鼻息を乙女の股間に吹きかけながら、達彦はまるでバター犬のように、舐めて、舐めて、舐めまくる。

……ピチャピチャピチャ。ねろん。れろれろれろ。

「ああ。うそ。うそうそうそ。見ないで。見ないでぇえ。ああああ」

「──うおっ」

……ビクン、ビクビクッ。

「おおお、菜穂ちゃん……」

ついに少女は絶頂に突きぬけた。ひときわ強い雷が、バリバリと菜穂の女体をつらぬく。

達彦は両手を放した。いためられる海老にでもなったようだ。

右へ左へ。右へ左へ。

美しい少女は何度も何度も身をよじり、恍惚の電撃に細身の女体を痙攣させた。

5

「あっ……あああ……あう、あうっ……はあぁぁ……」

「おお。菜穂ちゃん、すごいよ……」

「い、いや……恥ずかしい……見ないで……こんな、私……ハアァァ……」

恥じらいながらも美少女は、どうしようもなく絶頂の痙攣をくり返す。

そんな十四歳の娘を、達彦はうっとりと見た。

もう服など着ていられない。

ネクタイをむしりとる。下着ごとシャツを脱ぎすてた。

ベルトをゆるめてファスナーを下ろし、ボクサーパンツと一緒くたにスラックスもズルリと脱ぐ。

――ブルルンッ！

「ああ……あああ……ヒイイッ」

菜穂はまだなお、艶めかしい痙攣をくり返していた。

スカートの裾はまくれあがり、腰から下がまる出しになっている。

菜穂は達彦の股間に気づいた。反りかえる、大きなペニスに目を見開き、思わず引きつった悲鳴をもらす。

「ああ……アン、いや。あああ……」

それでも少女は、エロチックな痙攣を止められない。

胎児のように身体をまるめたかと思うと、はじかれたように脚を伸ばす。そのたび太腿の白い肉がブルブルとふるえてさざ波をたてた。

最後はとうとう身体を反転させる。

まんまるな二つのヒップを見せつけながら、うつ伏せになって痙攣する。

「はあぁ。いやン、私ったら……と、止まらない……ビクビクが。はあぁ……」

「な、菜穂ちゃん、菜穂ちゃん」

身体のコントロールが利かない乙女に、獰猛な性欲を刺激された。全裸になった達彦は、うつ伏せの女子中学生に背後からおおいかぶさっていく。

「はううう……」

「い、挿れるよ、菜穂ちゃん。いいんだよね」

言いながら、脚を使って美少女の両脚をひろげさせた。か細い乙女は達彦にされるがまま、コンパスのように脚を開く。

「ああぁ。た、達彦さん……」

「違うでしょ、菜穂ちゃん。どうして、もう一度かわいいことを言ってくれないの」

痙攣しながら彼を呼ぶ、クールな娘に達彦は言った。

股間の一物を手にとって角度をととのえる。うずく亀頭を幼い女陰にそっと押しつけ、ヌルヌルとしたその感触に酔いしれる。

「はあぁん。ああ、いやあぁ……」

「挿れちゃだめ？　やめる？」

鈴口が乙女の園の内部へと、今にももぐりかけていた。こんなところで「やっぱりやめて」と言われたら、これほどつらいことはない。

しかし、万が一菜穂がそう言ったなら、やめるつもりで達彦は聞いた。

理性などとっくに粉砕しているが、いやがる少女を強引に犯せる度胸はどこにもない。

ところが、菜穂は――。

「やめない。やめない」

髪を乱してかぶりをふった。達彦の手を探り、指をからませてギュッと握る。

「菜穂ちゃん……」

「い、挿れて……お、おお……」

「──っ」

「お義兄ちゃん……」

「菜穂ちゃん……」

お義兄ちゃん。お義兄ちゃん──そう呼ばれるだけで、甘酸っぱいものが胸からいっぱいにひろがっていく。

からみついてくる少女の指を、達彦は強く握りかえした。

言葉は魔法だ。

人と人との関係をあっという間に変質させる。

さっきまで、敵対していたはずだった。

それなのに、この娘は自分を「お義兄ちゃん」と呼び、勃起したいけないペニスを自ら進んで腹の底に受け入れようとする。

「い、いいんだね」

「挿れて、お義兄ちゃん。お、大人にして。ああ、でも私の身体……身体──」

挿入を求めつつも、同時に菜穂は激しくおびえた。自分の肉体が隠していたとんでもない事実に気がついて、哀れなぐらい動揺している。

(菜穂ちゃん、かわいい)

そんな少女が愛らしくてならなかった。ごめん、真希と、心で恋人に謝りもする。

しかし、もはや限界だった。

やせ我慢をつづけるせいで、くり返し鳥肌が腰から背すじへと駆けあがる。

菜穂から指を放した。

挿入の態勢をととのえ、背後からギュッと少女を抱きすくめるや――。

「おお、菜穂ちゃん!」

――ヌプッ。

「い、痛い……!」

ペニスの先っぽを淫裂にもぐらせた。

少女は悲痛な声をあげ、その全身をこわばらせる。

「あっ……い、痛い? 我慢できない?」

達彦は動きを止め、菜穂の耳たぶに吐息とともに問いかけた。すると少女は、強く両目を閉じたままかぶりをふる。

「が、我慢できる。できる。へっちゃらだもん」

「菜穂ちゃん……」

「お願い、挿れて……お姉ちゃんから……お義兄ちゃんをとっちゃおうなんて思っていない。でも……でも……」

せつない想いが、ふるえる声にいっぱいににじんだ。同時に亀頭を甘締めする、狭隘な膣肉がさらにムギュリとカリ首をしめつける。

「うおおお……」

「でも……お姉ちゃんより先に……大人にしてもらうの。お姉ちゃんより先なんだもん。それだけで、私……そ、それだけで――」

「ああ、菜穂ちゃん、菜穂ちゃん！」

――ヌプッ。ヌプヌプヌプッ！

「あああああ。い、痛いよう。痛いよう。あああああ……」

「ああ。菜穂ちゃん、ごめん……」

あまりに少女がかわいくて、ついつい獰猛な獣になった。

渾身の力でスレンダーな肢体をかき抱き、根元まで男根を、幼さあふれる媚肉に埋める。

（こ、これは……）

達彦は慄然とする。

菜穂の処女地は驚くほど狭かった。そのうえすべての膣襞が、吸いつくかのようなフィットぶりで亀頭と棹に密着する。

みずみずしさあふれる処女肉は、奥の奥までたっぷりとうるみ、達彦の怒張をすべるようにみちびいた。

そのうえウネウネと蠕動し、波打つ動きで極太を、緩急をつけてしぼってくる。

（うわあ……）

「あああ……うっ、うーうー。うー」

「菜穂ちゃん……」

処女肉は、貪欲にも見える波打ちかたをしているというのに、持ち主はどこまでも清純だ。

痛みに耐えて美貌をしかめ、その顔は真っ赤になっている。

細めた瞳には涙がにじみ、ギュッと嚙みしめた唇が、絶え間なく小刻みにふるえている。

「くうう。菜穂ちゃん……痛い？　動いてもいい？」

セーラー服の下の肉体は、一気に体熱をあげていた。ゆだるほどに熱さを増し、達彦の肌を刺すように刺激する。

「はうう……」

「菜穂ちゃん」

「う、動いて。お義兄ちゃん、いっぱい動いて」

菜穂の目の端から、涙のしずくが伝った。

さすがに破瓜(はか)の衝撃はつらかったのか。

「泣いてる……」

胸を痛めて達彦は言った。しかし、少女は認めない。

「泣いてない」

「泣いてるじゃないか」

「泣いてない。泣いてるとしたら、うれしいから。痛いからじゃない」

「菜穂ちゃん……」

「うーうーうー」

菜穂は泣いた。

あとからあとから涙があふれだしてくる。

痛みに耐えかねてなのか、本人の言うとおり、うれしいからなのかはわからない。

もしかしたら、そのどちらもが理由なのかもしれない。

「動いて。ねえ、早く動いて」

「でも」

「動いてくれなきゃいや」

駄々っ子のように菜穂は言った。

この娘に痛い思いをさせることは本望ではない。しかし、達彦は菜穂がかわいくて、どうしようもなくなっていた。

「いいんだね」

苦悶しつつ念を押す。少女はうんうんと何度もうなずいた。

「大人になれた。お姉ちゃんより先に、お義兄ちゃんに大人にしてもらえた……」

「ああ、菜穂ちゃん……」

「気持ちよくなって。で、でも……私の身体なんかで、気持ちよくなれるかな」

「ああ。菜穂ちゃん、菜穂ちゃん」

「ひはっ」

……バツン、バツン。

「い、痛ッ……」

「痛い？」

「痛くない。痛くない。平気だもん。あっあっ……」

達彦は我慢できずにピストンを、いよいよそろそろと開始した。菜穂はたまらず美貌をゆがめ、必死に痛みに耐えている。

（信じられない）

痛みに美貌をゆがめる少女を見ながら、達彦はどこかフワフワとしていた。

本当に、十四歳の処女を奪ったのか。

こんなことがあってもいいのか。常識で考えたならあり得ないような展開に、非現実味が増してくる。

6

「菜穂ちゃん、ごめんね。でも……ああ、気持ちいい！」

「お義兄ちゃん、あっあっ、ヒハァァ……」

汗ばむ女体を抱きすくめ、達彦はカクカクと腰をしゃくった。

ペニスからはじける快感は、どこかほの暗く、うしろめたい。

（ああ……）

達彦はうろたえる。

どうしてこんなときに、真希の笑顔が蘇るのか。胸をしめつけられ、あわてて目を閉じ、かぶりをふる。

（それにしても、うおお……）

菜穂との行為に集中しようとすると、肉棒をしめつける膣洞の感触はあらためて激甚なものになった。

これはまた、なんと狭隘な肉路であろう。挿入する穴を間違えたのではないかと思うほど、ペニスを進めても、手前に引いても、吸いつく動きで怒張に密着し、窮屈な感触を与えてくる。

本来なら、容易に抽送できないかなり狭い恥溝。だが、分泌した愛液のねばりと量がそれを緩和した。

強引に、前へうしろへ、前へうしろへと抜き挿しをくり返せば、ニチャッ、ニチャッと艶めかしい汁音をたて、さらに抜き挿しは快適になる。

「はう……あっあっ……ひはっ、ハァァン……」

もしかして、もう気持ちよくなってきたのかな)

　しかも、気づけば菜穂は、もう「痛い」とは言わなかった。

　眉間に皺をよせ、強く目を閉じ、なにかに耐える顔つきをつづけながらも、もれだす声には痛みではなく、別の感情がにじみだす。

「あっ……あっ、ハァン、ちょ……い、いや……いやいや……アァン、待って……」

「はぁはぁ……菜穂ちゃん……」

(もしかして、もう気持ちよくなってきたのかな)

　背後から抱きすくめて性器の擦りあいをしながら、達彦はさらに激しく心臓を拍動させた。

　いわゆる寝バックの体勢で、痩せっぽっちの少女とまぐわっている。床に突っ伏す美しい少女は混乱した様子で口を開け――。

「ああ、い、いやン。あっ。あっあっ。あっあっあっ……ちょ、ちょっと、あああ」

　ますますうろたえ、もれだす声に色っぽさを加えてくる。破瓜の痛みに苦しんだのは、ほんの短い間だったようだ。

　よかったと心から達彦は思った。そして同時に、この少女の貪欲な淫乱さにも背すじをふるわせる。

「気持ちよくなってきたかい、菜穂ちゃん。そら……」

……ぐちゅる。ぬぢゅ。ぐちょっ。

「あああぁ。い、いや。どうしよう……あっあっ、あああああ。ああ、私……」

腹の奥底をほじくり返される悦びに、菜穂は当惑と官能の双方をおぼえていた。

思いもよらなかった自分の反応に恥じらい、とまどい、おびえつつも、女体を駈けぬけるはしたないしびれに、どうしようもなく恍惚とする。

「あああ。うあああぁ。ちょ、ちょっとなに、この声。は、恥ずかしい……」

「恥ずかしがることない。菜穂ちゃんはこういう身体なんだ。絶対にそうだと思っていたよ」

達彦はささやき声で言った。

「ど、どうして……あっあっ……どうしてそうだと思ったの」

「えっ。あっ……」

しまったと達彦は思う。よけいなひとことはやぶ蛇だった。菜穂は自分と綾子との内緒のちぎりにまでは気づいていない。

「そ、それは……」

「お姉ちゃんも……同じだから？　あっあっ……」

すると菜穂は、あえぎながら聞いた。

「うん?」

「あの日、お姉ちゃんにもそう感じたの? わ、私たち……あっあっ……二人ともエッチな女の子なの?」

「ま、まあ……そんなところかな。ああ、菜穂ちゃん」

「ひゃん」

菜穂が自ら、真相とは違う仮説をたててくれてよかった。達彦は安堵しつつ、少女の膣からペニスを抜く。

反りかえる極太は、破瓜の鮮血と白濁した蜜で、生々しい眺めになっていた。

まるで、ヨーグルトシェイクにストロベリーエキスでもぶちまけたかのよう。

白と赤とのコントラストが鮮烈で、達彦は今さらのように、この娘の処女を奪ってしまった事実に打ちふるえる。

「ああ、菜穂ちゃん……」

「ハアァァン……」

汗ばむ少女を反転させ、仰向けにさせた。ぐったりとした菜穂は達彦にされるがまま、長い四肢を投げだす。

もう一度、スカートをまくりあげた。股間を露にさせる。股を開かせると、幼さいっぱいの陰唇は、真っ赤な鮮血と淫蜜でぬっちょぬちょにぬめっていた。

「おお、菜穂ちゃん……」

──ズブッ。ズブズブズブッ。

「うあああ」

あらためて、正常位の体勢でつながった。

ふたたびひとつになるや、菜穂は背すじをのけぞらせ、天に向かって細いあごを突きあげる。

その姿には、もはや歓喜しかなかった。いや、エロスもあるか。さっきまで処女だったこの娘は、早くも痴女の片鱗(へんりん)をのぞかせる。

「あ、ああ……お義兄ちゃん……」

「そらそら。思いきりオマ×コをかきまわしてやるよ！」

達彦は菜穂の足首をつかんだ。

あられもないV字の格好に長い脚を開かせ、しゃくる動きで膣奥に猛る男根をたたきこむ。

……ずぢゅっ。ずぢゅずっ。

「あああ。ああああ。い、いやン、私ったら、なんて声——」

「もっと出していいんだ。スケベな菜穂ちゃんをもっと見せて。恥ずかしがらないで。そら、そらそらそら」

……バツン、バツン、バツン。

「あああああ。ど、どうして、どうしてなのおお。あああ。なにこれ。なにこれええええ。うあああああ」

発情した淫肉は、なおも鮮血を付着させながらも、粘りも濃さもけた違いな蜜を性器同士の隙間からあふれさせた。

ブチュッ、ブチュチュッと汁気に満ちたいやらしい粘着音が淫靡にひびく。

少女は激しくかぶりをふり、両手の爪で床をかきむしった。

いっときも休むことなくその身をのたうたせ、幼い身体を衝きあげる獣の悦びに狂乱する。

「あああああ。うあああああ」

「おお、菜穂ちゃん……」

いよいよケダモノじみてきた。

女子中学生の淫声に、達彦もさらに鼻息を荒らげる。

モデルのような両脚を解放した。その身体におおいかぶさり、セーラー服の上着をたくしあげ、純白のブラジャーも鎖骨へとずらす。

——プルルンッ！

「アァァン……」

「うおお……」

中から露になったのは、生硬な蕾を思わせる小ぶりなおっぱい。ふくらみはじめた肉塊が中途半端に盛りあがり、どこからどう見てもあどけない。

これから乳となる肉塊の先端をいろどるのは、淡い鳶色をした乳輪と乳首だ。乳輪は、どちらかといえば小さめな円。

しかしそのせいもあるのか、乳首はやけに大きく感じられ、そのアンバランスさがエロチックだ。

「くぅぅ、たまらない」

「あああああ」

まだ乳房とも呼べないいたいけな蕾を、達彦は両手で荒々しくつかんだ。

指の筒からくびりだされ、白い乳肌を道づれに、乳輪と乳首が変形する。突っぱった乳首が長く伸び、いやらしい眺めを見せつける。

「おお。菜穂ちゃん、菜穂ちゃん！」

──パンパンパン！　パンパンパンパン！

「うあああ。ああ、激しい。いやン、すごい。すごいすごい。ああああ」

達彦のピストンは、いよいよ過激さを加えた。

乳を揉みながらフルスロットル。子宮口まで亀頭でえぐる。

「あああ。お義兄ちゃん、お義兄ちゃん、あああああ」

菜穂はもう半狂乱だ。

いやらしい汁音に嬌声が混じる。

見ればその顔は両目を見開き、戦慄と官能に支配されていた。

自分の身体が信じられないのだ。それほどまでに、おぼえる快感はとてつもないものなのだろう。

「うあああ。ああ。たまらない。たまらない。あああああ」

「おお、菜穂ちゃん……」

達彦は確信する。

痴女が生まれた。達彦が誕生させた。十四歳の痴女は獣の声をひびかせて、もの狂おしく高まっていく。

「あああ。お義兄ちゃん、お義兄ちゃん、ああああ」

「気持ちいいかい、菜穂ちゃん。お義兄ちゃんのち×ぽ、気持ちいい?」

「あああ。あああああ」

「菜穂ちゃん」

カリ首を膣ヒダに擦りつけ、子宮にヌポリと埋めこみながら、達彦は聞いた。

すると菜穂は引きつった顔つきで両目を見開いたまま、狂ったように顔をふり、ヒュウッと音をたてて息を吸う。

「あああ。き、気持ちいい。お義兄ちゃん、気持ちいい。どうしてこんなに気持ちいいの。女の人ってみんなこうなの? あああああ」

「違うよ。これは菜穂ちゃんだけに与えられた特権だ。菜穂ちゃんだから、こんなに気持ちよくなれるんだよ。そら。そらそら」

「ああああ。気持ちいいよう。気持ちいいよう。お義兄ちゃん、おっぱい吸って、吸って吸って」

「はぁはぁ……こ、こうかい。んっ……」

「きゃあああ」

乳の頂にむしゃぶりつき、ちゅうちゅうと吸っては舌で乳首を派手にはじく。

十四歳の痴女は汗を噴きださせた。乱れたセーラー服の下、薄桃色に火照った肢体で汗の粒が大きさを増す。

「はぁはぁ……菜穂ちゃん、菜穂ちゃん、おっぱいも気持ちいいかい？」

……ちゅぱちゅぱちゅぱ。ピチャ。ちゅうちゅう。

「きゃあああ。きゃああああ」

大ぶりな乳首は、すでにビンビンに勃起していた。

舌で激しく舐めしゃぶれば、グミさながらの感触だ。何度も乳輪に倒れながらも、勢いよくもとに戻って達彦の舌を心地よく押しかえす。

（ああ、たまらん。俺……俺——）

「うあああ。あああああ。気持ちいいよう。とろけちゃう。とろけちゃうンン。お義兄ちゃん、アソコがジンジンする。うずいちゃう。うずいちゃう。もっとしてえ」

「こう？　菜穂ちゃん、こう？」

……バツン、バツン。

「あああああ。気持ちいい、気持ちいい。知らなかったよう。私ってこんな女うあああああ気持ちイイイイイッ！」

「おお、菜穂ちゃん……」

狂乱のギアが、さらに一段階あがった気がした。

菜穂はさらにいやらしくのたうつ官能の蛇になる。

抱きつく達彦を道づれに、ズズッ、ズズッと床をずりながらとり乱し、理性の呪縛を完全に解きはなつ。

「あああああ。気持ちいい。オマ×コ、気持ちいいよう。いいよう。いいよう」

「はぁはぁ……オマ×コ、いいかい、菜穂ちゃん。そらそらそら」

「あああ。いいよう。いいよう。オマ×コいいよう。あああああ。あああああ」

「ああ、俺も気持ちいい。そろそろイクよっ！」

「ひはっ」

──バツン、バツン、バツン！　パンパンパンパンパンッ！

「あああああ。刺さる。刺さる刺さる刺さる。奥までズボズボおち×ぽ来てる。ああ、気持ちいい。イイッ！　イイインッ！」

ポルチオ性感帯に感じるエクスタシーを、唾液のしぶきを飛びちらせながら少女は叫んだ。

見るがいい。首すじが引きつっている。可憐な美貌も不様に引きつり、もはや菜穂とは思えない。

「おおおう。おおおおおうっ」

子宮への連打に、とうとう淫声は「あ」ではなく「お」になった。

ついさっきまで処女だったのに、もうポルチオで感じているのだ――痴女とは言え、いささか達彦は呆気にとられる。

(ああ……)

しかしそれでも、ピークは急激に近づいた。どんなにアヌスをすぼめても、あらがいがたい射精衝動がうなりをあげてせりあがる。

「くぅう。菜穂ちゃん」

「ヒイィン……」

達彦は少女をかき抱き、怒濤の勢いで腰をふった。

肉傘とぬめり肉が擦れるたび、腰の抜けそうな快美感がまたたく。

ひと抜きごと、ひと挿しごとに甘酸っぱさいっぱいのしびれが増し、クライマックスが急接近する。

(ああ、イクッ!)

「はぁぁん。あっあっあっ。うああ。うあああ。お義兄ちゃん、なにこれ。なにこれなにこれ。変だよ、変だようあああああ」

「菜穂ちゃん、イク……」

「いやあ、置いていかないで。ああ、気持ちいい。気持ちいい気持ちいい。私もなんか変。変、変、変！　ああ、なにこれ。いやああああ。あああああああああ」

——どぴゅどぴゅどぴゅ！　びゅるる、どぴぴ！

「あああ……」

オルガスムスの電撃が、脳天から達彦をたたき割った。

ロケット花火にでもなったようだ。

キイィーンと耳ざわりな音をたて、天空高くまで打ちあげられる。

とろんと意識を白濁させた。

陰茎を心ゆくまで脈打たせる至高の悦びに耽溺する。

（き、気持ちいい……）

「ああ……はうっ……あああ……お、おにい、ちゃん……」

「……あっ。な、菜穂ちゃん」

艶めかしく自分を呼ぶ声で我に返る。

気づけば菜穂はビクビクと汗ばむ裸身をふるわせて、アクメの陶酔感をむさぼっていた。

美少女は、なかば白目を剝いていた。処女膜喪失セックスで白目を剝く少女も、そうはいないと達彦は思う。

「ああ、入って……くる……お、お義兄ちゃんの……温かい……精液……」

「おお。菜穂ちゃん、俺も、気持ち——」

「きゃあああぁ」

そのとき、絹を裂くような悲鳴がひびいた。

ついこの間も、こんな展開を経験したばかりだったよなと思いながら、達彦は飛びあがる。

あわてて菜穂から離れた。ちゅぽんと音をたて、ペニスが膣から抜ける。

「アアアァン」

——ブシュパアアアアッ！

「ああっ……」

そのとたん、菜穂は大股開きのまま、大量の潮を噴射した。

潮にはドロドロのザーメンが混じり、一緒になって飛びだしてくる。

「ううっ。真希」

「ヒイィ。お姉ちゃん……」

二人して部屋の戸口を見た。
女子校の制服姿の真希が、両手を口に当てて硬直していた。
見開かれた目はわなわなと、ショックをにじませてふるえていた。

第四章　母親ゆずりの遺伝子

1

「きれいだねえ……」

ライトアップされた桜並木を見あげ、嘆声をもらす。

とりたてて、自慢できるものなどなにもない街。

だが、この季節になると見事に咲く、川ぞいの道の桜だけは住民たちの数少ない自慢だった。

せまい道には、夜桜目当ての花見客たちが、思いのほか大勢集まっている。

めいめいが、桜に向けて写真を撮ったり、自分たちも交えて桜と一緒にシャッターを切ったりしている。

「………」

仲睦まじげに肩をよせあい、桜をバックに写真を撮る若いカップルがいた。

達彦は胸をしめつけられる。

カップルから顔をそむけ、速度を変えた。弁当やペットボトルのお茶が、レジ袋の中でカサカサと揺れる。

足早に、桜並木の一角を通過した。橋を渡り、大通りを左に折れると、昔ながらの住宅街になる。

常夜灯があるわりにはけっこう暗い夜道を歩き、しばらく行って角を曲がると、達彦の暮らすおんぼろアパートがあった。

「思いだすな、ばか……」

闇の道を歩きながら、達彦はうめく。恋人のかわいい笑顔が脳裏に浮かんだ。あわててかぶりをふる。

真希に三行半を突きつけられ、ぼろアパートに帰ってきて早数カ月。新しい季節がめぐってきていたが、青年はまだなお傷心を友にして暮らしていた。

だが、誰を責めるわけにもいかない。

悪いのは自分だった。

あの日、日ごろのストレスがたたって体調をくずした真希は、母親と別れ、一人で家に帰ってきた。

達彦のスマホには彼女からの連絡が何度も入っていたが、気づいたときはあとの祭りだった。

信じていた恋人が妹とセックスをしていたと知った真希は、心の均衡を失った。

立場が変わった菜穂がどんなに謝って言い訳をしても、妹のことも達彦のことも、思いがけないかたくなさで拒絶した。

もちろん、娘二人と居候の男の間に起きたトラブルは、すぐに綾子の耳にも入った。

綾子は、達彦がまだ中学生である末娘と肉体関係を持ったことにパニックになり、ショックを受けながらも、真希との仲はなんとかとりもってやらねばと、あれこれと真希をさとそうとしてくれた。

しかしそれでも、真希の気持ちは変わらなかった。

——もう顔も見たくないんだ。出ていってもらえないかな。

別人のような無表情になって、そう告げられた。

だが、反駁できる言葉など達彦にはない。

黙ってうなずき、したがうしかなかった。

もう何度したかわからない土下座を、真希に対してもう一度した。綾子に丁重に礼を言い、別世界だった広い屋敷をあとにした。

それで、すべてが終わった。

それ以来、真希からは電話はもちろん、メッセージひとつ入っていない。

いや、もちろん来るはずなどないと思ってはいる。

だが時間が経てば経つほどに、達彦は自分がしでかしてしまったことの重大さをあらためて思い、深い後悔にさいなまれた。

じつは、菜穂からはひそかにコンタクトがあった。彼のおんぼろアパートを、こっそりと一人でたずねてきた。

――お姉ちゃんがお義兄ちゃんをいらないって言うのなら、私がお義兄ちゃんの恋人になれないかな。

美貌の女子中学生はそう言って、涙ながらに自分の想いを訴えた。

なんてかわいい娘なんだと、達彦は思った。

だが、正直そんな気にはもちろんなれない。

菜穂のことはいとおしいが、それでも真希の代わりにはならない。そのことに、真希を失ってはじめて気づいた。

やがて、菜穂も達彦との恋をあきらめ、連絡をよこさなくなった。

これでよかったんだ——達彦は思った。

だが、彼の生活は、ますます火が消えたようになった。

なにをやってもむなしいだけの日々を、仕事に明け暮れ、ただただ淡々と、彼はすごした。


「……えっ」

帰ってきたアパートは、今夜も見事におんぼろだった。

昭和六十三年に建てられたという二階建て。ぜんぶで六室の、小さな木造住宅。

達彦が暮らす2DKは二階の最奥にあった。

(どうして、明かりが……)

敷地の入口に立ちつくし、建物を見あげた。

間違いない。部屋に明かりがついている。

田舎から、母親でも出てきたのかといぶかった。いつでもとつぜん連絡もなしに、彼のもとをおとずれた。住む世界の違う恋人にふられたことは話していたので、励ましにでもきたのだろうか。

「連絡ぐらいしろっていうの」

苦笑しながら、さびた鉄階段をあがっていく。共用廊下を奥まで歩き、鞄からキーホルダーを出そうとした。

どうやら夕飯を作ってくれているようだ。部屋からはカレーらしきいい香りがする。カレーは達彦の大好物だ。

母さんらしいよなと、達彦はまたも苦笑いをする。

……ガチャリ。

(あっ)

すると、玄関ドアの内鍵が開けられる音がした。達彦はあとずさり、作り笑いを顔に貼りつける。

勢いよくドアが開いた。

「ただい……」

「お帰り。お帰り、達ちゃん」

中からの明かりで、逆光になっていた。

「あっ……」

だが、達彦が見間違えるはずもない。

満面の笑みを浮かべていた。

上がりがまちから身を乗りだし、目を線にして笑っている。

真希だった。

いとしい少女がそこにいた。

「真希……」

「えへへ」

驚く達彦に、十七歳の美少女は恥ずかしそうに肩をすくめた。

2

「達ちゃん、お仕事、お疲れさま」

二人の夕飯は、そんな真希のいたわりの言葉からはじまった。

プルトップの開いた缶ビールを両手に持っている。あわててグラスをさしだすと、
真希はそこに、よく冷えたビールを注いでいく。

「フフ。私はこれ」

ビールをつぎ終えると、自分のグラスにペットボトルの緑茶を入れた。グラスをい

っぱいに満たすと、かわいく両手でそれを持つ。

「お疲れさま。乾杯」

はにかんだように笑った。達彦に向かってグラスをさしだす。

「か、乾杯……」

達彦もそれにならった。ぎくしゃくとグラスを突きだし、美少女のグラスとそっと打ちつけあう。

突然のことに緊張し、喉が渇いていた。グラスに口をつけ、よく冷えた液体を喉の奥に流しこむ。

(ああ……)

うまい。

ごくっ、こくっと喉が鳴る。

ついついグラスをかたむけて、ひと息に一杯目を飲みほした。

「まあ……フフ。おいしい、達ちゃん」

グラスをテーブルに置き、ため息をつく達彦を愉快そうに見た。真希はビールの缶を手にとると、とぷとぷと二杯目を注いでくれる。

「うん、おいしい。ふう……」

二杯目のビールも半分ほどをひと息で飲んだ。口もとを拭い、真希を見ると、少女は柔和な笑みを浮かべている。

「さあ、食べて食べて。味の保証はぜんぜんないけど、がんばって作ってみたの」

そう言って、ご飯をいっぱいに持ったカレーの器を達彦に示した。

達彦の大のお気に入りであるスパイスチキンカレーである。お母さんに教えてもらって毎日練習したんだよと、さっき真希は説明してくれた。

「うん、うまい」

スプーンでカレーを口に運ぶ。

口の中いっぱいにひろがるクミンとコリアンダー、ターメリックのブレンド加減が、まさに絶妙だ。

ガラムマサラもいい感じで、味覚のアクセントになっている。

「ほんと？お世辞じゃない？」

ちょっぴり不安そうに、だが、とてもうれしそうに真希は聞いてくる。

「お世辞なもんか。ほんとにうまいよ。うん、うまい」

達彦はうなずき、ビールで喉をうるおわせながらついついカレーをがっついた。決して世辞などではなく、本当に見事なできばえである。

「よかった。ちょっと心配だったんだ。ウフフ……」

達彦の返事を聞いた真紀はかわいく相好をくずし、自らもカレーライスを口に運ぶ。

達彦と目があうと口もとを押さえ、声を出さずにキュートに笑う。

リビングルームとして使っている六帖の部屋だ。

畳の部屋にカーペットを敷き、洋風にして使っている。

部屋の中央に小さなテーブルを置いていた。それを囲んで、達彦と真希はカレーを食べる。

達彦と真希のカレーデートは、いつも専門店へのお出かけだった。

こんなふうに真希が自ら腕をふるい、手料理をご馳走してくれるだなんて、はじめてのことである。

「………」

カレーをがっつきながら、チラッと真希を見た。

学校帰りらしい、女子校の制服姿。

ホワイトのブラウスに、チェック柄のプリーツスカート。ブラウスの胸もとには、スカートと同じ色合のリボンタイをしている。

その上に、ピンクのエプロンをあわせていた。

（どういうこと）

調子をあわせて食事をしつつ、達彦はずっと落ちつかなかった。

どうしていきなりやってきたのか。なにを話すつもりでいるのか。ことここに至るまで、達彦はひとことも聞いていない。

部屋から現れたのが真希だとわかったときは、正直仰天した。だがよく考えたら、彼女の希望で部屋の合鍵は以前プレゼントしたことがある。

そんなもの、とっくに処分したと思ったのに、まだ持っていたのか。達彦は意外な感をおぼえた。

「…………」

「…………」

しばし言葉もなく、二人で黙々とカレーを食べる。一気に飲んだビールが利き、ちょっぴり酔いがまわってきた。

小さな音をたててビールを飲み、つかえそうになったご飯を胃袋へと流しこむ。

「――えっ。ど、どうしたの」

またしても真希を盗み見た達彦は、虚を突かれた。

見れば真希は食べるのをやめ、両手で顔をおおっている。

「真希……？」

おそるおそる声をかけた。

少女は肩をふるわせて慟哭していた。指の間から涙のしずくがにじみだし、正座をしたスカートにしたたる。

「ま、真希――」

「ひどいよ」

涙に濡れた声で、真希はなじった。両手で顔をおおったままだ。

「えっ……」

達彦は真希を見た。少女は「えぐっ、えぐっ」としゃくりあげる。

「ひどいよ、達ちゃん。お母さんともしたんでしょ」

「えっ」

「黙っていればわからないのに。お母さんってほんとにばか。隠しごとはできないとか言って……嘘も方便って言葉、知らないんだよ、お嬢様だから。えぐっ」

「真希……」

「苦しいよう」

やっと顔をあげてくれた。

楚々とした美貌が泣きくずれ、涙でグチャグチャになっている。

「苦しいよう。苦しいよう。ひどいよ、達ちゃん、私をこんなに苦しめて」

駄々っ子のように身体を揺さぶった。こみあげる感情は、いかんともしがたいようである。

しゃべればしゃべるほど、裏に秘めていたせつないものが、どうしようもなく露になる。

「どうしたら嫌いになれるの。ねえ、どうしたら、達ちゃんを忘れられる」

「真希……」

「忘れられないよう」

最後は言葉尻がうらがえり、せつなく跳ねあがった。

座布団から飛びだし、ななめ前に座っていた達彦の胸に飛びこんでくる。

「ああ、真希……」

「教えてよう。どうしたら嫌いになれるの。どうしたら達ちゃんのことなんか忘れて、ほかの男の子と恋ができるの」

「ああ……」

「できないよう。嫌いになれないよう。達ちゃんのばか」

達彦にしがみつき、身体を揺さぶった。

顔をあげ、一重の目から大粒の涙をあふれさせて訴える。

「達ちゃんのこと、嫌いになりたいよう」

「ああ、真希！」

「んむぅぅ……」

鼻の奥がつんとした。ほとばしりだす激情は、もはやいかんともしがたい。

肉厚の唇にふるいついた。

真希はかわいくうめき、うっとりしたように目を閉じる。

真希の身体は温かかった。なつかしい温みにますます泣きそうになる。達彦は右へ左へとかぶりをふり、真希の朱唇をむさぼり吸う。

「むはぁぁ、達ちゃん……」

「ごめん。ほんとにごめん。許して」

「アァァン……んっんっ……」

……ピチャピチャ。ちゅぱ。ぢゅる。

グイグイと口を押しつけ、もの狂おしく口を吸った。そんな達彦の接吻に、真希もまた、ためにためていたらしき熱い想いを爆発させる。

「達ちゃん……ああ、達ちゃん、んっんっ……」

いとしげに彼の名を呼んだ。ちゅぱちゅぱと何度も口づける。そのたびキュンと甘いうずきが、股間にはじけてじわじわとひろがる。

二人は、どちらからともなく舌を突きだした。狂おしいキスはごく自然に、ベロチューへとエスカレートする。

「はぁはぁ……んっんっ。真希……」

「達ちゃんのばか。ばかばか。んっ……」

……ピチャピチャ。ぢゅるぢゅ。

「あああ……」

舌と舌とを擦れあわせるたび、さらに強めの電撃がペニスをしびれさせた。

そういえばこのところ、勃起などまったくしていなかった。久しぶりに、続々と血液が股間に流れこむ。ムクリ、ムクリと男根が硬度と大きさを増してくる。

達彦はすでに、ジャージ姿に着がえていた。ジャージの股間はあっという間に、張りさけんばかりのテントを張る。

「もう……誰ともエッチしちゃいやだよう。えぐっ」

ベロチューをし、嗚咽（おえつ）しながら真希が言う。

「真希……」

「誰ともしちゃいや。私とエッチできないから、あんなことになったんだよね。ひどいよね、お母さんも菜穂も……もちろん、私も……」

「ああ、真希、あっ……」

とつぜん、真希が立ちあがった。ピンクのエプロンをはずし、達彦の手をとる。彼女に引っぱられ、達彦も立ちあがる。

股間がもっこりと、恥ずかしいぐらいに突っぱっていた。

そのことに、真希も気づいたようだったが、恥ずかしそうに顔をそむけ、達彦の手をとって隣室に向かう。

引き戸を開けた。

明かりの落ちたそこもまた、畳敷きの和室である。洋服ダンスがあるぐらいで、あとはなにも置いていない。

達彦の手を放すと、真希は引き戸を閉めた。

濃い暗闇が二人を呑む。少女は一人、押し入れに近づいていく。

短めのスカートの裾がヒラヒラとひるがえった。むちむちした太腿がチラリ、チラリと見え隠れする。

真希は押し入れを開け、中から寝具を引っぱりだした。

部屋の中央に布団を敷き、枕を重ねる。

そして――。

「ああ、真希……」

覚悟を決めたように、美しい少女は横たわった。

枕に頭を乗せ、脚を伸ばして仰臥する。

3

「真希……」

「エッチなことして、達ちゃん」

「えっ」

思いつめたように言うと、真希は耐えかねて両手で顔をおおう。

「恥ずかしいよう」

「真希……」

「エッチなことして。お母さんにしたよりも、菜穂にしたよりも、私にいちばん恥ずいいの」

「だって恋人だもん。達ちゃんは私のものだよ、そうでしょ。なのに、どうして私だけエッチできないの。だめっていうから我慢したのに、どうしてお母さんや菜穂ならいいの」

「おおお……」

かわいい思いを言葉にされ、達彦は甘酸っぱく胸をしめつけられる。

「ああ……」

「もう我慢しない。達ちゃん、うんと恥ずかしいことして」

「真希……」

しびれる思いで、達彦は真希の言葉を聞く。

うんと恥ずかしいこと。

綾子にしたより、菜穂にしたより、うんと、うんと、恥ずかしいこと——。

「恥ずかしいこと、一緒にしよう。恋人だもん。達ちゃんの性欲は、ぜんぶ私が鎮めてあげ——」

「おおお、真希っ！」

「ひゃあああ」

もう我慢できなかった。

矢も楯もたまらず、みずみずしい女体にむしゃぶりついていく。

「ああ。た、達ちゃん……」

思いきりかき抱き、力の限り抱きすくめた。強い力で抱擁され、美しい娘は背すじをそらし、感きわまったような吐息をもらす。

「真希、ごめんね。もう放さない」

「達ちゃん……」

「恥ずかしいこと、してもいいの」

かき抱きながら、清楚な小顔を見た。

真希はとまどったように表情をこわばらせながらも、そんな自分を叱咤するかのようにうんうんとうなずく。

「い、いいよ。恥ずかしいこと、いっぱいしよう」

「一緒にしてくれる」

「する。達ちゃん、私、なんでもする。ねえ、どうすれば。あっ……」

もはや達彦を止められるものはなにもなかった。

すばやく少女の身体を下降する。

プリーツスカートをまくりあげると、真希の股間に吸いついていた純白のパンティをむしりとる。

「あぁぁん……」

「はぁはぁ。はぁはぁはぁ」

パンティの中から夢にまで見た、モジャモジャの秘丘が現れた。あの夜も嗅いだ果実のような香りに、ほわんと顔を撫でられる。

（おおお……）

「あぁ、達ちゃん……」

「真希、オマ×コ見てって言って」

「──っ。達ちゃん、きゃっ……」

驚く真希に有無を言わせなかった。

強引に膝を立てさせ、ガバッと左右に大きく脚を開かせる。

「ああン、達ちゃん……」

「恥ずかしいことしよう。うんと、うんと、いやらしいこと。真希、寂しかった。俺、ずっとずっと後悔してた」

「達ちゃん、あっ……」

達彦は着ているものを脱ぎすてた。ペニスをビンビンにおっ勃てた、やる気満々の若牡ボディが闇の中に露になる。

「達ちゃん……」

「真希、見て。俺、今夜ももうこんなになってる」

股間を誇示した。

ググッと突きだすと、雄々しい勃起がブルンとしなって亀頭を揺らす。

「あああ……」

「真希に挿れたい。世界で一番大好きな女の子のオマ×コに。あの日のつづきがしたいんだ。だから……ねえ、だから——」

「ああ、達ちゃん！」

感情を昂揚させる達彦を、真希が押しとどめた。

「こっちに来て……」

達彦をいざなう。少女がエスコートしているのは、いやらしくひろげられた彼女の股の真ん前だ。

「真希……」

「膝立ちになって。見て……」

羞恥と甘い愛情が濃厚にブレンドされたささやき声。

その声自体に魔法があった。

達彦は、言われるがままフラフラと布団にあがる。少女が開いた、股の真ん前に陣どった。

すると真希は、闇の中で艶めかしく瞳をきらめかせ——。

「達ちゃん……」

「あっ……」

恥じらいながらも、覚悟を決めてくれた。さらに大胆に股を開く。太腿の肉が淫靡にふるえた。少女は左右から伸ばした指を股間に近づける。

(うおお……)

白い指先が大陰唇に触れた。やわらかな淫肉は、もうそれだけでふにゅりとひしゃげてワレメを開きかける。

「オ、オマ×コ……」

「真希……」

「オマ×コ……く、くぱあ……」

……ニチャッ。

「うわあ。ま、真希！」

真希は期待していた以上のことをしてくれた。両手で女陰をひろげて「くぱあ」という擬音まで口にしてくれる。

みずみずしさあふれるサーモンピンクの粘膜が、今夜もまた闇の中に露になった。魅惑の処女地は、美しい持ち主自身の指で横長の菱形にひろげられている。

粘膜は早くもねっとりとうるみだしているようだ。

淫靡にきらめく瞳と同様、股のつけ根の裂け目もまた、卑猥にぬめり光っている。

「おお、真希……」

「た、達ちゃん、恥ずかしい。でも、がんばる。私、がんばるから」

「おおお……」

「オ、オマ×コ、見て。お願い、興奮して。な、舐めて……達ちゃん、舐めて！」

「おお、真希！」

なんてかわいい娘なのだろう。衝きあげられる心地になった。達彦はまる出しになった真希のワレメにふるいつく。

「ハアァアン……」

「はぁはぁ……ま、真希……」

舌を突きだした。

M字に開脚していたもっちり美脚をすくいあげ、今にも泣きそうになりながら、卑猥なぬめりを——。

「愛してる」

ねろんと舐めた。

「きゃあああ」

そのとたん、真希の喉からはじけたのは、妹とよく似た嬌声だ。

とりつくろうすべもない、ガチンコの声。

そんな自分に、誰よりも本人が驚いていた。ハッとした様子で美貌を引きつらせ、あわてて両手で口をおおう。

「あ、あの、あの、私——」

「いいんだよ、真希。それでいいんだ。んっ……」

……れろん。

「きゃあああ。ちょ、ちょっと待って。ちょっと待って!」

「だめ。待てない。もう待つのはいやだ。待たないよ、真希。んっんっ……」

……ピチャ。れろん。

「きゃあああ。ちょ……ああ、ちょっと待って。い、いやン、私ったら――」

「恥ずかしいの、真希。それでいいんだ。恥ずかしいこと、いっぱいしようって言ってくれたじゃない。そら。そらそらそら」

……ピチャピチャ。ねろねろ、ねろん。

「ああああ。いやあ、なにこれ。いや、恥ずかしい。達ちゃん、恥ずかしい」

真希は本気で動転した。

無理もない。

自分の身体の真実を知らない十七歳が、うろたえないほうがおかしい。

「恥ずかしがる真希が見たいんだ。ほら、クリトリスも……」

……ピチャッ。くにゅくにゅくにゅ。

「きゃあああ。きゃああああ。ああ、私ったらなんて声……達ちゃん、待って！」

「待たない。待たない。そらそらそら」

「あああ。あああああ」

暴れる両脚を抱えこみ、達彦は猛然と舌を躍らせた。突きだした舌を思いきりくねらせ、肉の莢から陰核をむく。

ずる剝けの肉豆を容赦なく舐めはじいた。

清楚な美貌をしているくせに、クリトリスはサクランボのように大ぶりだ。これほど大きなクリ豆では、こんなことをされたらたまったものではないだろう。

「おお。真希、んっんっ……」

「ひゃあああ。ああ、どうしよう。なにこれ。いやあああ」

牝芽を舌で舐めはじくと、真希は背すじを浮かせ、尻を跳ねあげ、何度も何度もバウンドした。

「ああ、待って。きゃあああ」

美少女はなかばパニックだ。

まさかこんなことになるなんてと本気でとまどい、恥じらっているのは明らかである。

(やっぱり痴女だった)

確信できた真実に、達彦は浮きたった。いやがって暴れる少女をものともせず、荒々しい力で拘束する。

本人が知りもしなかった女体の真実を、これでもかとばかりに突きつけた。

もう一人の真希を、少女の中から引きずりだそうとする。

「おお、真希、オマ×コ気持ちいいかい。んっんっ……」

「あああ。た、達ちゃん、恥ずかしい。私、こんなこと……ああ。あああああ」

……ブチュ。ブチュブチュッ。

「——ヒイィィ」

「おおお。すごい。もうこんなに汁が出てきたよ」

「い、いや。いやあああ」

クリ豆をしつこく舐めただけで、痴女体質の女体は、急激に発情しはじめた。

少女が二人のむつみごとに、どんな期待や想像をしていたのかはわからない。しかし現実の話として、二人は痴女と野獣になりつつある。

ブチュブチュと品のない音も高らかに、新たな蜜が膣穴からしぼりだされた。

未開の蜜穴はあえぐかのように蠕動し、急激に煮こんだ濃い蜜を、泡だちながら分泌する。

「真希、甘酸っぱい、いやらしい香りがする……」

「いやあ。そんなこと言わないで。違うの。私、今日はいつもと——きゃあああ」

……ぢゅるぢゅるぢゅるぢゅる。

「ヒイィイ。す、すすらないで。そんなにいっぱいすすらないで。いやあ、しびれちゃうンンン」

すぼめた口を膣穴に押しつけ、わざと音をたてて淫蜜を吸引した。

飛びこんでくるドロッとした液体は、まさにとろろ汁のよう。ネバネバとしてズシリと重く、それでも無理やり飲みくだせば、喉にしつこくねばりつき、なかなか食道を下降しない。

達彦は息苦しさをおぼえた。

それでもさらに強い力で、真希の愛液をすすりたてる。しかも、同時に指でクリ豆を擦過した。

「きゃあああ。ああ、なにこれ。き、気持ちいい。気持ちいいよう。どうしよう。どうしよう。うああ。うあああああ」

「おお。真希、んっんっ……」

もしかしてもうイクのかと、達彦は浮きたった。綾子ゆずりのＤＮＡが、十七歳の少女のすべてを、新たな彼女に染めかえる。

……ぢゅる。ぢゅぢゅ、ちゅちゅうっ。

「うああ。ああああ。いやン、だめ。ああ、気持ちいい。気持ちいい、気持ちいい。いやン、困る。あああ。あああああああ」

「――うおっ」

……ビクン、ビクン、ビクン！

押しよせる快楽の荒波に、あっという間に呑みこまれた。まるで女体のあちこちで、無数の爆発がつづけざまに起きたかのような眺めでもある。

少女はその身を痙攣させ、右へ左へと身をよじった。

波打つ動きで肢体をくねらせ、背を浮かせ、尻を跳ねあげ、はじかれたように布団に身を投げだす。

4

「ああ、すごい……」

「いやあ、どうしよう。見ないで。うーうー。恥ずかしい。あああ……」

信じられない自分を持てあまし、真希はいやいやとストレートの黒髪をふり乱す。

そんな少女のセクシーな姿を見ながら、達彦は同じように悶絶した妹のことも思いだす。

真希の小顔は真っ赤であった。

細めた瞳は艶めかしくうるみ、自分の身体に起こったことに、いまだにとまどいと驚きを隠せない。

「ああン、いや……恥ずかしい……ど、どうしちゃったの、私……あああ……」

「おおお、真希！」

恥じらいながらも、まだなお痙攣を止められない清楚な少女に、達彦はますます昂った。

「ああン……」

のたうつ真希におおいかぶさり、ブラウスのボタンをすばやくはずす。力を失ったブラウスを左右にかき開き、純白のブラジャーを露出させた。

おそらくFカップはあるはずの、女子高生にしては大きめなブラカップ。

カップの縁に指をかけ、鎖骨へとずらせば、ブルンとプリンのように揺れながら、豊満な乳房が重たげにたぷたぷとはずんで露になる。

（うおお……）

「アァン、いやあ。あああ……」

真希は恥じらい、あわてて乳房を隠そうとするが、達彦はそれを許さない。

細い手首をつかんで万歳をさせた。いやらしいデカ乳輪を、マジマジと至近距離で凝視する。

またも卑猥な乳輪を、しかとこの目で見ることができた。ピンクの乳輪の真ん中で、大ぶりな乳首がビンビンにしこり勃っている。

「ああ、真希！」

「あああああ」

真希の痙攣は、まだなおつづいていた。しかし達彦はたわわなおっぱいを鷲づかみにし、片房の頂にかぶりつく。

「ひゃあああ。ああ、か、感じちゃう。達ちゃん、感じちゃう。あああああ」

「はぁはぁ……真希……」

ちゅうちゅう、ねろねろと、乳首を吸ったり舐めたり、はじいたりした。

もちろん両手でもにゅもにゅと、量感たっぷりのフレッシュな乳房をねちっこい手つきで揉みしだきながらだ。

真希の巨乳は、母親の乳房のようにとろけきってはいなかった。

ほぐれきらないこわばりは、まさに思春期ならではということだろう。

十七歳のおっぱいなんて、これまで一度として揉んだことはないので断言はできないが。

「い、挿れるよ。真希、挿れるからね」

乳房を揉み、乳首を心ゆくまで舐めしゃぶると、達彦はいよいよ宣言した。

うずく亀頭を少女のワレメに押しつける。ヌルヌルとした肉割れのうるみと灼熱感が、生々しいまでに亀頭に伝わる。

「はうう、達ちゃん……どうしよう……私、自分の身体のこと、本当はよくわかっていなくて……」

恥じらいととまどいにかられ、今なお真希はおびえていた。こんなことになるなんてと、思わぬ事態にパニックになっている。

「かわいい。恥ずかしがる真希、メチャメチャ、かわいいよ。でも……」

達彦は挿入態勢をとった。乳から手を放し、もう一度、女陰とペニスの位置をととのえる。

「アン……」

「もっともっと気持ちよくなって。恥ずかしがらなくていいから」

「た、達ちゃん……」

甘い声でささやいた。

そんな彼を、不安にかられつつうっとりと真希が見つめ返す。

「天国に行こう。二人だけの天国に。ごめんね、ちょっとだけ痛いかも。んっ……」

「あっ――」

――ヌプッ。

「あああ。い、痛い……」

汗ばみだした少女を抱きすくめ、前へと腰を突きだした。

すぼまりたがる膣穴を無理やりひろげ、大きな亀頭が中へと埋まりかける。

これほどまでに感じてはいても、やはり処女は処女である。真希は達彦を抱きかかえし、痛みにふるえてたまらず全身をこわばらせる。

「ご、ごめんね。もっと挿れていい？」

「はうう……」

「……抜く？」

「いや。抜かないで。私を達ちゃんのものにして」

痛みに耐えながらも、達彦の首すじに顔を埋め、熱い吐息とともに真希は言った。

「おお、真希……」

そんな少女のかわいい言葉に、達彦は欲望をこらえきれない。さらに前へと腰を進め、ズズッ、ズズズッと勃起を埋めていく。

「うああ。い、痛い……」

「ごめんね。ごめんね、真希。でも……絶対すぐに気持ちよくなれるから……」

「あああ……」

痛い思いをさせるのはつらかった。

だが、痴女体質の真希ならば、いつまでもつらいだけではないはずだという確信も持っている。

心を鬼にして腰を進めた。小さな肉穴がミチミチとひろがり、野太い達彦の男根を肉皮を突っぱらせ、まる呑みしていく。

「ああ……達ちゃん……あああ……」

「はぁはぁ……はぁはぁはぁ……真希……」

やがて二人は、しっかりと性器でつながった。

根元まで埋めた狂おしい猛りを、ヌメヌメした膣ヒダが、吸いつく動きで包みこんでくる。

「ひ、ひとつに……」

「……うん？」

「ひとつに……なれたんだよね……」

痛みに耐え、ずっと達彦にしがみついていた。真希はようやく顔をあげ、うるんだ瞳で達彦を見る。

泣いていた。肉厚の唇がわなわなとふるえている。痛みがつらくて泣いているわけではないと、達彦は思った。

「うん。やっと……ひとつになれた」

万感の思いで達彦も言った。真希はクシャッと泣き顔になり、もう一度達彦にむしゃぶりつく。

「動いて。達ちゃん、おち×ちん動かして」

「い、痛くないかな……」

「平気。気持ちよくなって。私の身体で、いっぱいよくなって」

「うおお、真希。真希！」

「きゃっ」

……ぐちゅっ。ずぢゅぢゅっ。

「あああ。い、痛い……」

こらえきれずに、達彦は腰を使いだした。巨大な極太が腹の底で動きだすと、真希はますます強い力で達彦にしがみついてくる。

「真希、あの——」

「い、いいの。いいの、達ちゃん。幸せだよう。私、今までの人生で、今がいちばん幸せだよう」

「おお、真希！」

「ひはぁ……」

強い力で抱きすくめ、カクカクといやらしく腰をしゃくった。達彦の巨根を受け入れるには、真希の膣は狭隘で、やはりどうにも荷が重たげだ。

「ヒイィ、あっ……あぁあ……い、痛いよう。痛いよう。あああぁ……」

「ごめんね。ごめんね、真希。ああ、どうしよう、気持ちいい！」

ヌメヌメした無数の膣ヒダが、卑猥な凹凸でカリ首と棹を擦過した。

そのたび強い電撃が、火を噴くようにまたたいては、甘く幸せな悦びを亀頭から全身にじわじわとひろげる。

「あああン、うあああぁ……あっあっ。ひはっ、ハァァァン……」

「おお。ま、真希……」

互いに相手の顔は見ていなかった。頬と頬とをくっつけて、身体の火照りとからみあう声、性器におぼえる感覚だけで、同じ時間を共有した。

だが、そんな状態でも達彦にはわかった。

――感じてきた。早くも真希の破瓜の痛みは、小さなものになってきている。

（ああ、真希！）

「ぁぁぁ……ぁぁ、ぁぁぁ……ぁぁぁあああっ……」

抱きすくめるこの少女もまた、間違いなく痴女だった。そのことに、達彦は天にも昇る多幸感をおぼえる。

「ぁぁぁぁあああ。あああああ。た、達ちゃん……達ちゃん！」

「き、気持ちよくなってきた。真希、よくなってきた？」

そう聞くと、答えの代わりに、真希はさらに強くしがみつく。顔を見られることを恥じらっているようにも見えた。

ふたたび女体に荒れ狂いだした、知らなかった官能に、またもおびえてとまどっているようにも達彦には思える。

「ああああ。達ちゃん……達ちゃん！　うああ。ああああ」

真希はまたしても、少しずつおかしくなっていく。

そんな自分に困惑しつつも、身体を駆けめぐる痴女の血は、本人の意志とは裏腹に、彼女を沸騰させていく。

「ああああ。あああああ。あああああああ」

「ま、真希、気持ちいい？　ねえ、気持ちいい？」

「あああああ。あああああああ」

「真希、真希！」

顔が見たかった。

達彦は少女と頬を離し、その顔をまじまじと見た。

（……えっ！）

5

「ああ、達ちゃん、気持ちいい……ねえ、どうしよう、気持ちいいよう！」

「ま、真希……ああ、真希！」

達彦は一気に達しそうになった。

見るがいい、この顔を。見るがいい、この短時間での変貌ぶりを。

「ああ。ああああ」

「真希……」

美少女は、早くもちょっとしたトランス状態におちいっていた。

すずやかな目を見開き、恍惚と恥じらい、不穏な恐怖の入りまじった顔になっている。

見られることを恥じらうように顔を隠そうとした。だが、羞恥より強い淫らな感覚が、彼女の肉体を呪縛して自由にさせない。

「あう。あうあう。おおう。いやン、だめ。おおう。おおおおう」

「ああ、真希……気持ちいいの？　す、すごい痙攣……」

ズンズンと肉棒で膣奥までえぐりながら、達彦は上体を起こして体勢を変える。

膣内で抜き挿しされる極太には、べっとりと破瓜の鮮血が付着していた。同時に白いいくつものスジが、どす黒い肉茎にねばって糸を引いている。

なんだかどんどんすごいことになってきた。

真希は「うーうー」とうなりながら、美貌を、首すじを引きつらせる。

悪寒のように全身をふるわせ、ぎくしゃくとした動きで、あちらへこちらへと身をよじる。

「真希……へ、平気？」

「うーうー。あー。あーあーあー。い、いやン、私ったら……あ、あ、あああ。き、気持ちいい。気持ちいいの。達ちゃん、なにこれ。ずっとずっと気持ちよくって、け、痙攣が……痙攣が止まらないよう！」

「おおお、エロい。も、もっと気持ちよくなって。ち×ぽ、挿れたり出したりしてあげるから。そら、そらそらそら」

……バツン、バツン。

「あああああ。あああああああ」

「ま、真希、おおお……」

美少女は異常なトランス状態に突入しはじめた。あんぐりと口を開け、変な音色の声で泣く。

そんな真希に、達彦は痴情をこらえきれない。

聞いてはいけない声に思えた。なんだこの声は。なんだこの顔は。いつものかわいい十七歳は、いつしかどこにもいなくってている。

「あーあー。あーあーあー。達ちゃん、気持ちいい。ねえ、私今すごく気持ちいい。うーうーうー。あああ。あああああ」

真希はますますおかしくなっていく。

絶え間のない身体のふるえは、いちだんと派手なものになった。

まるでいけないドラッグでも、キメてしまったかのようだ。あるいは度を超えた酒で前後不覚になり、自分で自分がわからなくなっているようにも見える。

「真希……」

「気持ちいいよう。気持ちいいよう。ねえ、なにこれ。なにこれなにこれ。ああ、気持ちいい。達ちゃん、もっとして。もっとして。もっとしてえええ。あああああああ」

「くうぅ、真希！」

自分から、はしたない快感を恥ずかしげもなく求めてくる。

ガクガクと派手に身体をふるわせ、首すじを引きつらせてうめき、両手を頭にやっては離し、髪をかきむしっては布団をたたく。

「あーあー。あああ。ああああああ。気持ちいい。気持ちいい。気持ちイイイイイ」

「おお、真希！　た、たまんない！」

……バツン、バツン！

「あああ。あああああ。いや、もうイッちゃうの？　まだち×ちんいっぱいほしい。動かしてほしい。もうイッちゃうなんていやいやいやいやあああ」

「くうぅ……」

あまりの少女の変貌ぶりに、燃えあがるほど興奮した。

これが真希か。本当にあのかわいい乙女――しかもさっきまで間違いなく処女だったはずの美少女なのか。

「ああ。真希、ごめん。俺もう、射精しそうなんだ」

両手でもう一度、乳房を鷲づかみにした。痛いぐらいに揉みまくり、むしゃぶりついた乳首に、そっと歯を当てカジカジとやる。

「ああああ。オ、オマ×コしびれる。達ちゃん、それいい。もっとカジカジして。乳首カジカジしてエエエッ」

「こ、こうかい。真希、ねえ、こう」

……カジカジ。カジカジカジ。

「あああ。あおおうおう。おおおおう。き、気持ちいい。乳首もオマ×コも気持ちいい。もっとしたいよう。したいよう。射精しないで。いやいやいやあああ」

「ああ。真希、ごめん。一回、イカせて！」

貪欲に行為の継続を求めてくる真希に、達彦はもうたまらない。

こんないやらしい美少女を前にしたら、情けないが、たいていの男なら自分と同じになるだろう。

――パンパンパン！　パンパンパンパン！

「ああああ。ああ、すごい。すごいすごいすごいンン。おち×ちんすごい。おち×ちんすごイイイイ。奥までいっぱあああああ」

「真希、真希」

スパートのかかったピストンに、すさまじい声で真希は吠えた。

痴女がいた。

清楚な少女が愛くるしい笑みの裏にひそませていた、もう一人の彼女が、今、臆面もなく達彦の腕の中で獣になっている。

「ああ、気持ちいい。気持ちいい。達ちゃん、わだじぎもぢいいいい。イイイイイッ。イビイイイイッ。あああああ」

とうとう途中から、すべての声が濁音になった。

放せ放せと暴れるかのように、とんでもない力で四肢をばたつかせる。アクメ寸前のたぎるような官能に、我を忘れて狂乱する。

そんな真希を渾身の力で抱きすくめた。

少女は汗を噴きださせている。汗に濡れたおっぱいが裸の胸と擦れあい、ヌルッ、ニチャッと淫靡な粘着音をたてた。

二つの乳首が達彦の胸に食いこんでくる。炭火のような灼熱感と硬さを、鮮烈なまでにヒリヒリと伝える。

（ああ、もうイク！）

ヒダ肉と擦れあう亀頭が、ピンク色の火花を散らした。じわり、じわりと射精衝動が高まり、下腹の奥底深くから爆発感が高まってくる。

「おおおう。おおおおう。ぎもぢいい。ぎもぢいい。おがじぐなるう。あああああ」

「イ、イク……」

「あああああ。ああああああああ」

——どぴゅっ、どぴゅっ、どぴゅっ！　びゅるるるっ！

「おう。おう。おおおおおう」

めくるめく絶頂は、どうやら一緒だったようだ。

達彦の肉砲が火を噴くや、真希もまた、骨がきしみそうなほど激しく身をよじり、バウンドし、ガクガクと全身を痙攣させる。

それはまさに、暴れ馬のようだった。

達彦は少女にしがみつき、最後まで中出し射精をしようと、グイグイと股間を乙女の股に押しつける。

「おう。おう。おおおう。おう」

「ああ。真希、すごい……」

真希の絶頂痙攣は、なかなか終わらなかった。

すごい力で達彦をふり飛ばそうとし、文字どおり七転八倒する。

それでも達彦が精液を吐きおえるころには、ようやく少しずつ脱力し、さらなる汗をぶわりと噴いた。

達彦のペニスは、そんな少女のぬめり肉の中で脈動をくり返す。

「はぁはぁ……はぁはぁはぁ……達ちゃん……」

「真希……」

我に返った、という表現が正しかった。こわごわと見ると、そこには達彦のよく知るいつもの真希がいた。

「わ、私……どうなっちゃったの。途中から、あまり記憶が――」

「いいんだ。いいんだよ」

「あっ……」

うろたえる真希を、またも達彦は抱きすくめた。

「真希、大好き」

「達ちゃん……」

とまどいながらも、真希もまた達彦の身体を抱き返す。

「……お腹の底……温かい……達ちゃんの……精液なんだね……」

今さらながら気づいたように、甘くとろけたささやき声で真希は言った。

「……うん」

「……しあわせ」

おもねるようにギュッと達彦を抱いた。真希は自ら頬ずりをする。汗で湿っていたために、ヌルッと頬と頬が擦れた。

「しあわせ……達ちゃんが……まだ私の中にいる……」

「真希……」

真希の心臓は、なおもトクトクと脈打っていた。おそらく彼女もまた、達彦の心臓の激しい鼓動をリアルに感じていることだろう。

二人はいつまでも抱きしめあっていた。

「お父さん、桜、桜。早くう」

通りを駆けていく小さな女の子の声と、少女に声をかける父親らしき明るい声が、くぐもった音で部屋まで届いた。

第五章　狂乱する牝獣

1

「今日は収穫だったね、達ちゃん」

「だね。しかもみんな、レアな御朱印ばかりだし」

「えへへ。しあわせ」

達彦と真希はにぎやかに、家へと足を踏みいれた。

二人で暮らすには、かなり広めの一軒家。達彦のアパートも昭和の遺物だったが、この家は、さらにその上をいっている。

なにしろ昭和五十年代に建てられた家だそうである。

「達ちゃん、なにか飲む？」

「そうだね。喉、渇いたな」

「ウフフ……」

キッチンというよりは、台所という呼び名がふさわしい空間だった。

天井も壁も古色蒼然としている。

だが家具や調度品、電化製品は真新しいものばかり。真希は大型冷蔵庫のドアを開き、ペットボトルの麦茶をとりだした。二人分のグラスも用意し、台所に置いたテーブルに準備をととのえる。

「ふう、暑いね」

達彦は微笑みながら椅子に座った。真希はかわいく微笑みながら、彼の前に麦茶の入ったグラスを置く。

「クーラーつける、達ちゃん」

「いや、節約、節約。めざせ、結婚式貯金」

「そうだね。えへへ」

真希は幸せそうな笑顔とともに対面の椅子に座った。二人して、よく冷えた麦茶をこくこくと飲む。

「ああ、うまい。よく冷えてるね」

「ほんと。ああ、汗が出ちゃう」

よく晴れた初夏の休日だった。

達彦と真希はレンタカーを借り、前から行きたいと計画をしていた隣県の神社仏閣を一日で五カ所もまわってきた。

目当てはもちろん、共通の趣味である御朱印だ。手に入れた御朱印の中には、今日一日限定で頒布されるレア度の高いものもあった。

「えへへ。うれしいね」

「うん……」

食卓に置いた御朱印帳を手にとり、二人でニマニマとそれを眺めた。

神社と寺院で御朱印帳を分けているため、達彦が神社の御朱印帳を、真希が寺院用の御朱印帳を眺めている。

二人はひとしきり、今日邂逅(かいこう)をはたした神社や仏閣の思い出話にふけった。

よく勉強している真希は、マニアな達彦でさえ舌を巻くほどの知識も披露して、それぞれの聖地の由緒や、今日目にしたあれこれを嬉々として彼に話してきかせる。

ようやく結ばれたあの日から、三カ月ほど経っていた。

あともう少しで、真希はようやく十八歳になる。

手に入れた御朱印を満足そうに見る真希を、達彦はそっと盗み見た。

（ああ、真希）

興味深げに御朱印を見て、一重の目をキラキラとさせている。肉厚の朱唇は、今日もぽってりとセクシーだ。すぐにもふるいつきたくなる。

相変わらず、死ぬほどかわいい。

同居をはじめて二カ月ほどになるが、ともに暮らせば暮らすほど、さらにこの少女の魅力に達彦はぞっこんになっている。

年季の入った家は、大地主である弓野家の所有物件だ。

二人は綾子に、ここに住むことを許されて同棲生活をはじめたのである。

綾子は、自分が偉そうなことを言えない行為を働いてしまったせいもあり、しかたなく同棲を認めてくれた。

そして真希は、妹の菜穂とも完全に和解をし、達彦と二人、甘い同棲生活をはじめたのである。

結婚式は、真希の高校卒業と同時にあげることになっていた。

少女は優秀な才媛だが進学はせず、高校を出ると同時に専業主婦として達彦を支えることを決めている。

そして今も、放課後にはせっせとアルバイトをし、結婚式のための資金を達彦と二人で貯めていた。

だが、たまには息抜きで好きなことをと、今日は久しぶりにドライブデートをし、夕方まで楽しんできたのである。

「真希、やっぱり暑い？」

ムシムシと熱気と湿気のこもる夕方であった。真希はハンカチをとりだして、さかんに額の汗をぬぐっている。

「ううん、平気」

「そう？　それじゃ……」

「……え？」

「もっと暑くならないか」

「あっ……」

カタンと椅子をずらし、達彦は立ちあがった。テーブルをまわり、真希に近づく。

「達ちゃん……」

「おいで」

手をとって恋人を立たせた。彼女の椅子に腰を下ろして両手をひろげると、十七歳の乙女は嬉々として、彼の身体にまたがってくる。

「真希……」

「達ちゃん。んっ……」

……ちゅっ。ちゅう、ちゅぱ。ピチャ。

対面座位の格好で向かいあい、甘いキスにとろんととろける。真希は達彦の首に腕をまわし、自らむさぼるかのように達彦の口に吸いついてくる。

「ああ、真希……」

「達ちゃん……あれ……」

いとしの美少女との接吻で、苦もなくペニスが勃起した。股間に感じる男根の異変にめざとく気づき、真希が恥ずかしそうに微笑む。

「……して……ほしいんだよね」

「えっ。で、でも……疲れてない？」

「ウフフ。心にもないことを。もっと暑くならないかって誘ったくせに」

真希は色っぽく微笑むと、達彦から離れた。達彦は自ら椅子をうしろにずらし、テーブルとの間にスペースを作る。

真希はそのスペースに居場所を確保した。

達彦のデニムに手を伸ばす。

ベルトをはずし、ファスナーを下ろした。

達彦は恋人にうながされ、椅子からそっと尻をあげる。真希はボクサーパンツごと、達彦のジーンズをズルッと下ろした。

――ブルルンッ!

「まあ」

「ああ。ごめん……」

身もふたもなく反りかえった現金な極太に、真希が驚いたように目を見開いた。

はっきり言って、毎日のようにセックスをしている。それなのに、達彦のペニスはちょっとしたきかん坊だ。

真希とエッチをすればするほど、よけい貪欲におっ勃った。精液を吐けば吐くほど日ごと夜ごと、ますます雄々しく反りかえる。

それもこれも、真希があまりに魅力的なせいだ。

綾子もいやらしかった。菜穂もエロチックな中学生だった。だがやはり、最終的な軍配は真希にあがる。

昼と夜とでここまで極端な二重人格を持つ少女も、そうはいないのではあるまいか。

「いやらしい達ちゃん、ンフフ……」

隆々と反りかえる怒張を見て、妖しい炎がその瞳にともった。

清楚な美貌がほんのりと紅潮する。

羞恥のせいもあるだろう。だが、それがスイッチの入りかけたサインであることも、もう達彦にはわかっている。

「い、いっぱい……いっぱい気持ちよくしてあげるね」

恥ずかしそうにしながらも、真希は達彦の前に膝立ちになる。反りかえる勃起を手にとるや、なじませるようにしこしこと猛る男根をしごきだす。

「うおお。真希……」

「……あれ？」

「えっ……」

たちまち甘酸っぱい官能が、肉棒から全身にひろがりかけた。しかし少女は手を止めて、キッチンから奥へとつづくリビングを見る。

「……どうしたの」

「…………」

「……真希？」

「あっ、ううん。気のせいかな」

「えっ」

独り言のようにつぶやく真希に、思わず眉をひそめた。しかし、少女は——。

「なんでもない。気にしないで。ああ、達ちゃん」

「うわあ……」

ふたたび、しこしこ、しこしこと、うずく勃起を卑猥な手つきであやしはじめた。

「おお、真希……」

「気持ちいい？」

「う、うん。とっても。おおお……」

「ンフフ、かわいい」

リズミカルな手つきで手コキをしつつ、真希は笑顔で達彦を見あげる。

「もっとよくしてあげるね。んっ……」

「おわわっ……」

そして少女はお約束のように、一歩、二歩とにじりよる。

乱れる黒髪を耳にかけ、暗紫色の亀頭にゆっくりと顔を近づけた。

女は思わず、口に手を当てた。

叫びそうな自分を懸命に制する。とつぜんはじまった淫らなまぐわいに、とまどいながらも好奇心をこらえられない。

「アン。達ちゃん、すごい。またこんなにおっきくなって。んっ……」

……ぢゅぽぢゅぽ。ピチャ。んぢゅぢゅっ。

「うおお。真希、き、気持ちいい……」

（ああ……真希が、あのおとなしかった子が、あぁン、あんないやらしい顔つきになって。あああ……）

2

（まあ、すごい）

掃き出し窓の一方によせられたカーテンの裏側に隠れていた。

気づかれていないのをいいことにそろそろと顔を出し、若い二人の内緒の行為をドキドキしながら出歯亀する。

実家に戻ってくるたびに、母親の綾子が見ても愛娘はどんどん色香が増していた。

艶やかな成長ぶりは、はっきり言って尋常ではない。しかも、それとなく達彦に聞いてみれば……。

──とにかくすごいんです、真希さん。とても言葉では言えませんけど、ひょっとしたら二重人格……あっ、すみません。口がすべりました。

最後はあわてて言葉を濁した。

だが一緒に暮らしはじめた真希に、とんでもない魅力と興奮を感じているらしいことは、鼻の下の伸びた彼の顔が雄弁に物語っている。

なにしろ真希はまだ十七歳。じつにけしからん。

それなのに、達彦はこんなに幸せそうだし、見るたびに娘は色っぽくなるし、いったい新居でなにが起きているというのであろう。

綾子はこっそりと、二人の様子をのぞいてみたくてたまらなくなった。まさかのときに困らないよう、じつは合鍵だってひそかに用意してある。

二人に内緒で、彼らの家に侵入した。

今日の予定は、あらかじめ真希から聞いてあった。

履いてきたパンプスは、トートバッグに入れてずっと肩にかけている。そして綾子がこっそりと家に入ってほどなく、事前に聞いていた予定時刻とほとんど変わらない時間に、二人は帰ってきたのであった。

「アァン。んっんっ、達ちゃん……達ちゃん……んっ……」

(ああ。真希、なんていやらしいち×ちんの舐めかた……)

自慢の愛娘がいとしい男に奉仕する姿に、我知らず痴情を刺激された。

真希は小さな口いっぱいに怒張を頰ばり、いやらしいしゃくりかたで前へうしろへと小顔をふっている。

顔の下半分が達彦のペニスに吸いついて、引っぱられているかと思うほどだ。清楚な美貌がいやらしくくずれ、ハレンチきわまりないものになっている。

真希はリズミカルに鼻息を漏らし、うるんだ瞳をキラキラとさせた。

左右の頰がえぐれるようにくぼんでいる。まる吞みするにはいささか大きい男根のせいで、かなり苦しげな顔つきにも見えた。

「達ちゃん、大好き。んっんっ……」

「おお。真希、うわああ」

……ぢゅぽぢゅぽぢゅぽ。ぢゅぽぢゅぽぢゅぢちゅぽ。

(まあ、あんなに激しく。ハァァン……)

しかし少女のフェラチオは、さらに激しさといやらしさを増した。

いっそう勢いよく顔をしゃくってペニスをしゃぶり、片手に握った玉袋を卑猥な手つきでモミモミとほぐす。

「うわあ、金玉も気持ちいい。いやらしい。おおお……」

「はぁはぁ……いっぱい気持ちよくなって。ああ、なんだか……なんだか私も」

(えっ、ええっ)

綾子は我が目を疑った。彼女の自慢のまじめな娘が、こともあろうに男のペニスを舐めしゃぶりながら、とんでもない行為を開始する。

今日の真希は、いかにも思春期の少女らしい、キュートな春物のワンピースを着ていた。啄木鳥のように顔をふり、残っていた片手を自分の股間にそろそろと伸ばす。

スカートをまくりあげ、純白のパンティを露にした。

驚いて目を剝く母親に見られているとはつゆ知らず、パンティの中に指を挿れる。

「んんんゥゥ……」

「ああ。真希、オナニーはじめたの。いやらしい。真希も気持ちよくなって」

「達ちゃん、ンッムンゥ……」

「オナニーして。いっぱいして」

「んむうっ。んっんっ。むはぁぁ。んっはぁぁぁ……」

……ピチャピチャ。ニチャ。

(ああ。なんていやらしい音。あの子ったら、もうあんなに濡らして。あああ)

真希が自慰をはじめるやいなや、パンティの中からは淫靡な粘着音が秘めやかにひびいた。

よほど気持ちがいいのだろう。真希は恍惚の顔つきで目を細め、ますます顔を真っ赤にして、猥褻きわまりない啄木鳥になりつづける。

「んっんっ。むはぁ、た、達ちゃん……感じる……感じちゃうよう。んっんっ、達ちゃんも感じて。いっぱい感じて。んっんっ……」

……ピチャピチャ。ぢゅぽぢゅぽちゅぽ!

「おお。真希、気持ちいい。イッちゃうよ。そんなにされたらイッちゃうよ!」

(ああ、達彦さん!)

興奮したらしき真希の口ピストンは、一気に速さと勢いを増した。

金玉を揉む手にも、女子高生とは思えない生々しい卑猥さが色濃くにじむ。

ニギニギと、指を閉じたり開いたりしてどす黒いふぐりを揉みしだいた。縮れ毛を飛びださせる肉袋がそのせいでひしゃげ、白魚のような指の隙間から、皮を突っぱらせて何度もくびりだされる。

「フンッ、フンッ。フンッ、フンッ、フンッ」

真希の鼻腔からもれる規則正しい鼻息も、徐々に荒さを増した。

ふりたくられる小顔の前後動がいっそう速くなり、品のない汁音が夕暮の台所に高らかにひびく。

(まあ、すごい。すごいわ、すごいわ。あああああ)

「おお。真希、出る……顔に出すよ。いいね……」

「んっんっ。出して、いっぱい出して。ハァァン。達ちゃん、ああ、私も……私もおお。んっんっんっ」

「ああ、もうだめだ。うおおおおっ！」

「んああ。達ちゃん、んああっ、んっんっ、んあああああっ」

(まあ)

——どぴゅっ！　どぴゅどぴゅ、どぴぴぴっ！

「きゃん。きゃん。ああン、すごい。あっ、あっ、ハアァァ……」

真希はギュッと目を閉じ、達彦の精液を浴びた。真っ赤に顔を火照らせたまま、ビクビクと肢体を痙攣させる。

どうやら達彦と一緒に達したようである。膝立ちのまま首をすくめ、背すじを波打たせ、女子高生にしてはまだ早い、大人の恍惚感に耽溺する。

(ああ。真希、あんなに気持ちよさそうに。うらやましい……って、な、なにを言っているの、私ったら)

女の悦びを露にし、うっとりと痙攣をつづけるじつの娘に綾子は嫉妬していた。そんな自分のはしたなさに、彼女は思わず頰を熱くする。

まだ未成年である自分の娘が、いったい婚約者となにをしているのか、確認するためにきたはずだった。それなのに、ザーメンを被弾してアクメを決める娘を見て、うらやましがっていてどうする。

(でも……でも、あああ……)

気がつけば、綾子はスカートの上から自分の股間を押さえつけていた。パンティの中では淫肉が、浅ましいうずきをもはやどうにもできなくなっている。

3

「あン。達ちゃん、プハッ……ウフフ、今日もすごいんだから。ああン……」

真希は絶頂の悦びをむさぼりながら、なおも火照った美貌で射精を受け止めた。あっという間に清楚な小顔が、とろけた糊さながらの白濁でドロドロになる。

「気持ちいい。真希もイッたんだね。オマ×コいじくってイッちゃったの」

達彦の射精は、ようやく力を失ってきた。

ドクン、ドクンとなおも雄々しく脈動しつつも、吐きだされる精液は勢いをなくし、残滓(ざんし)があふれるばかりになる。

「も、もう……達ちゃんのいじわる。だって、気持ちいいんだもん。あはあ……」

そんな達彦に恥じらいながら、真希はようやく立ちあがった。パンティから指を抜き、流し台へと小走りに駆ける。

どうやら、顔の汚れをなんとかしなければと考えたようだ。流しに立つと水道の蛇口をひねり、水を出して洗顔をはじめる。

(あっ……)

綾子は息を呑んだ。

そんな真希を見つめていた達彦が、椅子から立ちあがる。

下半身はすでにまる出し。なおもペニスは勃起したままだ。あんなに豪快に精を吐いても萎えようとない牡棹に、綾子はけおされる。

前かがみになって顔を洗う真希の背後に、達彦が近づいた。

なにをするつもりかといぶかる綾子のことに、もちろん気づいてなどいない。真希の真うしろまで行くと、達彦はいきなり少女のワンピースをまくりあげた。

「きゃっ。達ちゃん、あああ……」

真希の尻には、しわくちゃになったパンティがまつわりついていた。達彦は真希の背後に膝立ちになると、それをずり下ろして足首からも抜く。

「いやン、達ちゃん……」

「はぁはぁ……真希、今度は、俺がよくしてあげる。ほら……」

……ピチャッ。

「ハアァァン。ああ、達ちゃん……達ちゃん、ああああ」

(ああ、いやらしい。いやらしいわ、達彦さん、真希。あああ……)

綾子は思わず口に手を当て、またも目を見開いた。

達彦は真希の腰を引っぱり、立ちバックのポーズにさせる。

十七歳の乙女の両足をコンパスのように開かせた。有無を言わせぬ強引さで、まる出しの媚肉にむしゃぶりつく。

「うあああ。達ちゃん、ああ、達ちゃん、いやン、ああ、そんなことしたら」

「イッたばかりだから、敏感になっていてメチャメチャ気持ちいいでしょ。そらそら。もっとどんどんおかしくなって。んっんっ……」

……ピチャピチャ。ちゅう、ちゅぱ。

「あああ。た、達ちゃん、気持ちいい。気持ちいいよう。いやン、恥ずかしい。恥ずかしい。あああああ」

洗顔途中だった真希は、あわてて蛇口をひねり、水を止める。

そしてそのまま、流し台の縁を両手でつかみ、背後にググッと尻を出した。女陰を舐められるはしたない悦びに、喜悦の嬌声をほとばしらせる。

達彦が舌で責めたてるのは秘所だけではない。

ワレメに、クリトリスに、怒濤の勢いで舌を這わせる。そしてそれだけではあきたらず、尻の谷間のすぼまりにも、不意打ちのように舌を擦りつける。

(まあ、いやらしい。お尻の穴まで……あああああ)

「ああ。達ちゃん、困る。困る、そんなことされたら。あああああ。また、自分がわからなくなっちゃうよう。あああああ」

(……えっ。じ、自分が……わからなくなる……?)

「いいんだよ、わからなくなって。いつものことじゃないか。そら。そらそらそら」

……ピチャピチャピチャ。れろれろれろ。ピチャピチャピチャ。

達彦の舌は、秘割れへ、牝芽へ、アヌスへと、しつこく何度も降りそそいだ。

「あああああ。達ちゃん、どうしよう。頭がぼうっとして。あああ。あああああ」

真希は激しく尻をふり、ワレメとクリ豆、肛門を責められる淫猥な快感に狂喜する。

達彦はそんな少女の太腿を抱きしめて拘束した。

獣の声をあげて乱れだした真希の淫肉を、集中的に舌で舐めほじる。

「うあああ。あああああ」

(ま、真希、すごい声……え!?)

「あああああ。あああああああ。ああああああああああ」

(……真希?)

「ああああああ。あああああ。気持ちいいよう。気持ちいいよう。あああああああ」

(ううっ、真希……えっ)

——ブシュパアアアッ!

(えええ!?)

「プッハア。おお。真希、もう出たの。ああ、すごい潮……プハッ……」

とつぜん真希の性器から噴きだしたものに、綾子は目を見開いた。透明なそれは明確な擦過音さえたて、次から次へと飛びだしてくる。

(し、潮。真希、あなた、こんなことで、そんなすごい潮を……)

あまりに過敏な愛娘の肉体に、綾子は呆気にとられた。

たしかに自分も痴女である。自覚はある。言われなくても。

そんな好色な綾子を、生前夫はことのほか愛してくれた。だが彼女でさえ、クンニリングスをされたぐらいでここまで派手な潮噴きはしなかった。

それなのに、見るがいい、自分の娘を。下品に尻を突きだした屈服のポーズのまま、真希は咳きこむ勢いで、媚肉から潮を噴出させる。

「プハア……ああ、すごい。ほら、こうされると、もっと潮を噴きたくなるでしょ」

(あああっ)

達彦はシャワーでも浴びたように、顔中びしょ濡れになった。

しかしそれでも嬉々として、今度は伸ばした人さし指を、真希の肛門にそろそろと埋めていく。

——ヌプッ。ヌプヌプヌプッ!

「あああああ。ああ、達ちゃん、お尻の中にまた指が……あああああ」

(ま、また……? それじゃ、いつもこんなことを——)

「そらそら。挿れたり出したりしてやるよ。そらそらそら」

……ぐぢゅる。ぬぢゅる。

「あああああ。あああああ。ああ、これだめ。これだめこれだめこれだめえぇ。あああああ。ああああああああ」

（ま、真希……）

綾子はゾクリと鳥肌を立てた。

誰だこの娘は。なんなのだ、この異様な声は。

ズシリと低くて、異常とも言える狂気を感じさせるいやらしい声。聞いてはいけないタブーな声を、聞いているような気にさせられる。

「あああ。気持ちいい。達ちゃん、気持ちいい。あああ。ああああああ」

──ブッホオオッ！

（ええっ、な、なにこの音）

──ブホッ。ブッホホオッ！

（ええっ、ええっ）

その音は、綾子には放屁の音にも聞こえた。

そしてようやく気づく。品のない破裂音は、愛娘の媚肉からしていた。音が高らかにひびくたび、またしても潮が、しぶきながら噴きだしてくる。

(真希、ああ、なんてことなの)

「クク。またマン屁をしながら潮を噴いているよ、真希」

(マンペ……えっ……マ、マ、マン屁！　ああ、いやらしい)

どうやらこんな展開も、いつものことのようである。

達彦はますます昂りつつ、真希の肛門をグリグリとえぐり、ますます少女を狂乱させる。

「ああああ。達ちゃん、変な音出ちゃう。ああ、困るよう。気持ちいい。恥ずかしいけど、気持ちいい気持ちいい。ああああ」

(あ、あり得ない。こんなことって……あああ。はぁはぁはぁ)

肛門をほじられた娘が潮を噴くだけでも、信じられない眺めであった。

それなのに、真希ははっきりと「恥ずかしいけど気持ちいい」とまで口にする。そんなこと、なにがあろうと言葉になどしない、凛々しく上品な娘のはずだ。

「あああ。気持ちいいよう。気持ちいいよう。お母さん、ごめんなさい。恥ずかしい娘でごめんなさい。でも、気持ちいい。あああああ」

(真希……)

真希は綾子に謝りながら狂乱する。だが、チラチラと見える娘の横顔は——。

(この娘……誰……?)

親の綾子でさえ凍りついた。

とんでもない痴女が、そこにいた。

4

——ブッホオッ! ブッホホオオッ!

「あああああ。変な音出ちゃう。出ちゃう出ちゃう。ああああああ」

(真希、今日もすごいよ)

自分で責めながら、下品な音をたててマン屁を連発する十七才の痴女に、達彦は燃えあがった。

いつだって、真希は可憐で清楚である。

それなのに、痴女スイッチが入ると別人格が肌のおもてにやってくる。

このことを知っているのは自分だけだ。そのことに、たまらない多幸感を達彦はおぼえる。

（それにしても、この潮噴き、最高だ）

水鉄砲のように飛びちるすさまじい潮にも、達彦は淫らに昂った。

責めたてているのは肛門である。鉤のように曲げた指の腹で、ぬめる排泄粘膜をグリグリとえぐっている。

それだけで、真希はいやしい獣になった。

清楚な少女にもあるまじき音をたてて媚肉をわななかせ、霧のようなしぶきを飛びちらせて潮を噴く。

うれしかった。幸せだった。こんなに幸せでよいのかと思うほどである。

「た、達ちゃん、しっこしたいよう。しっこ。しっこおおお。ああああ」

どうやら、潮噴きだけでは我慢できなくなってきたようだ。真希は髪をふり乱し、背後の達彦に訴える。

「おしっこだったら、ここでしたら」

「いやあああ。トイレ行かせて。行かせてえええええ」

「フフ。しょうがないなあ」

「あああ……」

すでに真希はフラフラであった。

そんな少女を立たせ、着ているものをすべて脱がせる。ワンピースにつづいてブラジャーもむしりとると、あっという間にムチムチしたフレッシュな裸身が露になる。

「エッチだなあ。乳首、こんなにビンビンじゃないか」

「ひゃん」

「うり」

「ひゃん」

狂おしくしこった二つの乳首をそろっと指でどちらもはじいた。そのたび真希は身をすくめ、面白いほど痙攣する。

「フフッ……」

そんな全裸の乙女を見ながら、達彦もまた全裸になった。二人して一糸まとわぬ姿になり、手をとりあってキッチンから廊下に出る。

トイレは廊下の奥にあった。

トイレというより便所という呼び名がふさわしい、骨董品のような場所である。

よろめく真希を引っぱって廊下を進んだ。

たっぷたっぷと重たげに、たわわなおっぱいがいやらしくはずむ。つんと飛びだした乳首の勃起が、虚空にジグザグのラインを描く。

達彦と真希は廊下を歩き、便所の前に立った。

ノブをつかんでドアを開ける。今日もまた、昭和レトロな光景が、二人の眼前にひろがった。

ところどころが古びて汚れた和式の便器。

一段あがったタイル張りの床の上に便器は鎮座している。用を足すとしたら、こちらに尻を向け、便器にまたがることになる。ウナギの寝床のような便所の空間はとても広く、なんともぜいたくな造りである。

「ほら、おしっこしな」

「ああン。達ちゃん、ああ……」

真希を一段あがった場所へと移動させ、空いたスペースに陣どった。

密室感を強調しようと、わざとドアを閉め、鍵をかけてみせる。

「達ちゃん、外にいて」

「だめ。おしっこするところ、見るんだ。ほら、早く」

「ああ、いじわる。いじわるンン。でも、我慢できないよう」

真希は恥じらって見せながらも、すでにスイッチが入っていた。しかも、尿意も本気で高まっているようだ。

ブルンとひとつ身ぶるいをする。いやだいやだと言いながら、真希もまた興奮していることが達彦にはわかっている。

「ああ、出ちゃう。もれちゃうンン」

「――うおっ」

全裸の美少女は用を足そうと位置をととのえ、腰を落とした。品のない大股開きになり、ゆっくりと排泄の体勢になる。

(ああ、エロい！)

達彦は恍惚とした。形のいいもっちり美脚をがに股にすると、大きな尻の形がよけいいやらしく強調される。

よく実った、甘い白桃のようだ。尻の谷間がくぱっと開き、唾液にまみれた肛門がまたしても達彦の目にさらされる。

「ま、真希……」

「きゃあああ」

中途半端に腰を落とす、排泄一歩手前の体勢だ。

達彦はそんな真希の桃尻を両手で鷲づかみにする。舌を突きだし、尻渓谷の谷間にむしゃぶりついた。

5

「あああああ。達ちゃん、ああ、そんなああ。あああああ」

(な、なにをはじめたの)

危険なことは百も承知で、達彦と真希についてきてしまっていた。

廊下にとりのこされた綾子は、トイレの中から聞こえる真希の声にあてられ、卑猥な昂りをこらえきれない。

「いやあ。しっこもれちゃう。ああん、お尻の穴なんて舐めないでえええ」

(ええっ。お、お尻の穴……達彦さん、真希がおしっこしようとしているのに、お尻の穴を舐めているの？　ああ……あああああ……)

くぐもって聞こえる中からの声。

ドアの向こうでどんなことがおこなわれているのかを想像すると、たまらず媚肉がキュンとうずいてたまらなくなる。

（ああ、も、もうだめ。だめぇぇ……）

我知らず、綾子はスカートをまくりあげた。パンティの縁から指をくぐらせ、とろけきったワレメに指をすべらせる。

「ハアァン。あっ……」

いやらしい声が出てしまい、もう一方の手であわてて口を押さえた。

淫肉はすでに、はしたない蜜をいっぱいに分泌させている。

並べてそろえた二本の指を進めると、苦もなくヌルヌルの牝路に、指がヌプヌプと埋まっていく。

（アァ……）

「ああ、達ちゃん、出ちゃう。もうしっこ出ちゃうンンン」

（ま、真希、そんな声、出さないで……）

「しっこしな、真希。肛門を舐められながらしっこすると気持ちいいはずだよ」

（そんな……そんなあ。ああ、いやらしい……！）

「ヒイ。出ちゃう。出ちゃう出ちゃう。いやン、お尻の穴、気持ちいい。あああ」

……ピチャッ。

（あああ）

とうとう真希は、こらえきれずに放尿をはじめたようだ。飛びだした小便が便器の水たまりに飛びこむ音がここまで届く。

しかも——。

「あああ。ああああああ」

……ぢょぼぼぼぼ。ぢょぼぼぼぼぼぼ。

……ピチャピチャ。ピチャピチャピチャ。

「うあああ。お尻の穴気持ちいい。いやン、私ったら、お尻の穴舐められながらおしっこしてる。ああ、これいい。これ気持ちいいの。あああああ」

(真希、なんて声を。だめ。いや、私ったら。あああ……)

トイレから聞こえるいやらしい音や気配に刺激された。廊下の壁に背中を押しつけ、発情した熟女は膣穴の中をかきむしるように指でほじくる。

指の腹をぬめる膣ヒダに擦りつけた。そのたび甘酸っぱい快感が、火を噴く強さでひらめいて、脳天へと突きぬける。

「あアン……」

いったいなにをしているのと、ほの暗い気持ちでいっぱいになった。だが若い二人のこんな行為に当てられて、発情しないほうがどうかしている。

「はぁはぁ。はぁはぁはぁ。アァン……」

下品な自慰にとろけたようになりながら、もう一方の手で服の上から乳房をつかんだ。乳をしぼるようにして、乳首をビビンとはじけば、これまた腰の抜けそうな強い電撃が四肢へとひろがる。

(ああ、気持ちいい。達彦さん……真希……!)

「ああン、達ちゃん、いやあ、そんなことしたら、しっこがはみでちゃう」

(えっ、ええっ、あっ……)

「きゃあああ。達ちゃん、だめえ」

とまどう真希の声につづき、たしかに小便がタイルの床にビチャビチャと飛びちる音がした。

「いいじゃないか。あとでちゃんと俺が掃除しておくから。ああ、そんなことより真希……愛してる!」

「ああああああ」

(ええっ。な、なに。なんなの、なんなのおおお)

「あっあっあっ。あああ。ああああああ。しっこが。しっこがあああ、ああああああ」

とり乱した真希の声が、密室となったトイレの大気をビリビリとふるわせる。愛娘の淫声と一緒に聞こえてくるのは、肉が肉を打つ生々しさあふれる爆(は)ぜ音だ。

(まさか、おしっこをしている真希とセックスをはじめたの。ああ、いやらしい)

音から判断するかぎり、そうとしか思えなかった。

バッン、バッンと肉のぶつかる音がひびくたび、我を忘れた真希の吠え声がさらに尾を引き、跳ねあがる。

飛びちる小便がタイルの床をたたく音は、もはや聞こえなかった。

綾子の脳裏に、真希のワレメにズッポリと刺さって肉栓となった、たくましい男根の眺めが浮かびあがる。

「うおお。おおおおおう。ああ、なにこれ。おかしくなる。おかしくなるうう」

(ま、真希……)

「うおおうおうおう。おおおうおうおう」

「はぁはぁ。気持ちいいかい、真希。おしっこの穴にち×ぽで栓をされながら、オマ×コかきまわされるって気持ちいい？ そら。そらそらそら」

達彦も異常に興奮しているらしいことがよくわかった。獰猛な声で真希に問いかけ、さらに鼻息を荒くする。

……バッン、バッン。

「おおおおう。き、気持ちいい。おしっこしながらアソコをかきまわされるって気持ちいい。ああ、達ちゃん、もっとして。もっとアソコをかきまわしてえええっ」

(真希、ああ、興奮しちゃう！)

聞こえてくる真希の声は、もはや綾子のよく知る娘のそれではなかった。官能に狂った牝獣が、恥も外聞もなく、いやらしい声で吠えている。

(はぁはぁ……ああ、どうしよう。私まで感じちゃう。はぁはぁ。あああ……)

もにゅもにゅと乳房を揉みながら、いやしい動きで指を抜き挿しし、膣ヒダを何度も擦りたてた。そのたびニチャニチャ、グチョグチョと、綾子の股のつけ根からは、浅ましい粘着音が聞こえてくる。

キーンと遠くから耳鳴りがした。

地鳴りのようなゴゴゴという音が、一気にこちらに迫ってくる。

(ああ、イッちゃう。私もイッちゃう！　あああ。あああああ)

綾子は淫肉をほじくり返した。

決して人には見せられない恥ずかしい姿。

あんぐりと口を開け、声にならない声をあげている。

うしろに腰を突きだし、絶え間なく身をよじった。欲求不満を露にし、尻をふりながら牝肉をかきむしり、乳首を擦る。

「ぁぁぁ……ぁぁぁぁっ……！」

「おおおおう。イッちゃう。達ちゃん、私、おしっこしながらイッちゃう。イッちゃう。おおお。気持ちいい。気持ちいい気持ちいい。あああああ」

(ああ、真希……真希いいっ！　お母さんもイッちゃう。あなたと一緒にイキそうなの。あああ。ああああああ)

……グチョグチョグチョ。ヌチョヌチョヌチョ！

「ああ、真希、出る……」

「おおお。だっぢゃん、おおお。おおおおおおおっ！」

(あああ……)

突如として、トイレの中の音がとだえた。いや、正確に言うならば――。

「ぁ……ぁぁ、ぁ……ぁぁ……」

切れぎれに、真希のうめき声だけはくぐもった音で聞こえてくる。それに混じって達彦が乱れた吐息を必死に鎮める生々しい気配もした。

しかし綾子は、それらを冷静に把握できない。

彼女もまた、淫らな絶頂に突きぬけていた。足がもつれ、たまらずフラフラと移動する。腰が抜け、廊下にくずおれ、膝を突いた。

「アァン……」

痙攣をくり返した。

目の前がかすみ、意識が朦朧となる。天にも昇る多幸感が、熟れた女体をしびれさせ、存在のまるごとが揮発していく気持ちになる。

（……えっ）

——ガチャリ。

そのときだった。

トイレのドアが、いきなり開く。

（ええっ）

頭を白濁させながらも、戦慄をおぼえた。こんな状態ではちあわせなどしてしまったら、いったいなんと言い訳をすればいいのだろう。

パンティの中から抜きたくても、指はズッポリとワレメに食いこませたままである。

（いやあああ）

「おいで、真希」

「ああ。達ちゃん、はぁはぁ……」

二人が廊下に飛びだしてくる。

若々しい全裸のケダモノたちは、どちらも汗でびっしょりと濡れていた。まるで二人して、頭から水でも浴びたかのような濡れかたである。

（ああぁ……）

綾子は息を殺してフリーズする。

彼女の存在はドアが隠してくれた。大きく開いたドアの裏側。綾子は緊張しながら固まった。

「あぁン。達ちゃん、はぁはぁはぁ……」

トイレのドアは、けっきょく開けっぱなしになった。達彦は、ふらつく真希の手をとって、強引にリビングへと入っていく。

青年の一物は、いまだビンビンに勃起したままである。短時間の間に二度も精を吐いたというのに、なんと旺盛な性欲であろう。

（ああ。真希、ハァァン……）

綾子はドアから顔を出し、達彦につづいて真希の姿を追った。

ムチムチした少女の内股には、秘唇から逆流した濃厚な精子がドロドロと垂れていた。

トイレにこもっていた熱気が解きはなたれ、廊下に拡散する。

アンモニアと愛液、栗の花のような精液の香りに、甘い汗のアロマが混じった淫靡な湿気が綾子の顔面にもまつわりつく。

「あああああ」

(ああ、真希……)

どうやら二人は、またリビングでまぐわいだしたようである。

廊下までひびく嬌声に、ふたたび綾子は股のつけ根をじゅわんとうずかせる。

「おおおう。達ちゃん、おおおおう」

「はぁはぁ……真希、愛してる。愛してるよ」

「おおおおお。おおおおおおっ」

(ああ、真希……)

ピンチを脱した綾子は、うしろめたい好奇心をこらえきれない。

必死に立ちあがった。

リビングの入口へと、よろめきながら近づいていく。

「あああ。気持ちいい。もっとして。もっともっと。あああああ」

中から聞こえる獣の声はさらにとり乱し、異常な迫力を帯びてきた。

「……？」

心臓を高鳴らせ、綾子はリビングへと顔を突きだす。

（ああ、いやらしい）

今にも悲鳴をあげそうになった。綾子はあわてて口を押さえた。

6

「ああ。真希、気持ちいいよ」

亀頭に感じる快いうずきは、腰の抜けそうな強烈さだった。達彦はカクカクと腰をしゃくり、たくましい極太を美少女の膣内で抜き挿しする。

「ハァアン。達ちゃん、うああ、そこいい。そこいいの。ああああ」

疲れ知らずのピストンに、またしても真希は狂乱する。

清楚な美貌を別人のように変え、あんぐりと口を開けた。随喜の涙を流しながら、唾液のしぶきを飛びちらせてよがり泣く。

汗まみれの裸身を、リビングのソファに仰臥させていた。真希は背もたれに後頭部と背中を押しつけ、窮屈な格好で身体を二つに折られている。

もっちりした両脚は達彦が拘束していた。

キュッと締まった足首をつかみ、V字にひろげさせている。

ソファの上であられもない大股開きにさせ、バッン、バッンと極太を膣奥深くまでたたきこむ。

「うあああ。そこいい。そこいいよう。あああぁ」

汗にぐっしょりと濡れた真希は、絶え間なく身をよじり、我を忘れて声をあげた。

右へ左へと小顔をやり、美しい髪をふり乱す。

噴きだした汗のせいで、髪がベッタリと額や頰、首すじや背中に貼りついた。

ヌルヌルになったおっぱいが、たゆんたゆんとぬめり光りながら乳首と房をふるわせる。

「ここ。真希、ここ?」

狂喜する真希をあおり、亀頭の杵で子宮の餅をついた。

真希が感じているのはポルチオ性感帯だ。鈴口で子宮をえぐるたび、少女は軽いアクメに達し、ビクン、ビクンと裸身をわななかせる。

「ああ、そこ。そこそこそこおお。あああああ」

「気持ちいいの?」

「気持ちいいよう、達ちゃん。ああ、またイッちゃいそう！」

「くぅ……俺もメチャメチャ気持ちいい。また一緒にイこう！」

「ひはっ」

——パンパンパン！　パンパンパンパン！

「あああああ。達ちゃん、ヒイィ、ち×ちんいっぱい刺さってる。奥まで刺さってる。いいよう。いいよう。ああああああ」

「はぁはぁ。はぁはぁはぁ」

達彦は少女の両脚を解放した。

真希を抱きすくめ、二人してソファへと横たわる。

「ああ。達ちゃん、すごい。すごい、すごい。ああああ」

「真希、ああ、真希」

汗みずくの裸身をかき抱き、怒濤の勢いで腰をふった。真希は片脚を背もたれにあげ、もう一方の脚はソファから投げだして、達彦の突きを受け止める。

ペニスでかきまわす秘所は、ヌチョヌチョにとろけきっていた。

挿れても出しても耳に心地いい粘着音をたて、性器同士の隙間から無数のあぶくを噴きださせる。

濡れているのは媚肉だけではない。汗にまみれた二人の裸身は、何度も何度もつるっとすべる。

「達ちゃん、気持ちいい。もうだめ。またイッちゃう。またイッちゃうンン」

真希が達彦にしがみつき、引きつった声で訴えた。

思いは達彦もまったく同じだ。あらがいきれない爆発衝動が、下腹の底からせりあがってくる。

「真希、俺ももうイクよ！」

声を上ずらせて叫び、さらに強く少女をかき抱いた。

ぬめる肉壺を猛烈な勢いで攪拌し、微細な膣ヒダに、吐精寸前のカリ首を、何度も何度も擦りつける。

（ああ、気持ちいい。もうだめだ！）

「うああ。あああああ。達ちゃん、イクッ。イクイクイクッ。ああああああ」

そんな達彦に、ガクガクと身をふるわせて真希が叫んだ。

「ああ。真希、イク……」

「うおおうおうおう。おおおお。おおおおおおおおっ!!」

――どぴゅどぴゅ、びゅるる！　どぴどぴ、ぶぴぴぴっ！

峻烈な稲妻に、脳髄を、身体を粉砕された。

射精による気持ちよさは、自分が粉々になるかのような爽快感のオマケつきである。なにもかも忘れ、精子を吐く悦びに耽溺した。解きはなたれた魂が、天空高く突きぬけていく。

「あうぅ……た、達ちゃん……あああ……」

「真希……」

達彦はハッとする。真希もまた、一緒に達してくれたようだ。達彦の下でビクビクと、汗まみれの裸身を痙攣させた。

かわいく白目を剝いている。

自分しか見ることのできないこの少女の特別な顔つきに、ペニスがすぐさま反応し、さらに咳きこむ勢いでどぴゅっ、どぴゅっとザーメンを吐いた。

――ドサッ。

「……は？」

「な、なに……」

そのとき、とつぜん入口のほうから音がした。

達彦と真希は驚いて、音のしたほうに注意を向ける。

「……えっ。ええっ」

思わず目を剝いた。真希から身を放し、はじかれたようにソファから降りる。

「なに。なんの音……えっ」

達彦につづいて真希も起きあがった。

彼の見ているほうを向き、少女も息を吞む。

「お、お母さん!?」

たまらず声が裏返った。両手を口にやり、目を見開く。二人は顔を見あわせた。もう一度、リビングの入口に目を見張る。

綾子が倒れていた。どうやら失神をしているようだ。ひくっ、ひくっと、熟れた女体を断続的に痙攣させている。

「ぁ……ぁぁ、ぁ……」

達彦はあわてて駆けよった。全裸のまま、真希も恋人のあとにつづく。

「お、お義母さん、どうしたんですか」

「ちょ……お母さん、お母さん」

二人して綾子を抱き起こした。

綾子は完全に白目をむいている。それどころか、だらしなく開いた口からは、舌まで飛びださせていた。

見ればその手は、パンティの中にくぐっていた。おそらく指は、ワレメの中にきつく食いこんでいるのではあるまいか。

達彦と真希は言葉もなく、もう一度顔を見あわせた。思いもよらない展開に、真希もわたわたと言葉をなくして動揺している。

玄関でチャイムが鳴った。

目があうと、真希は眉を八の字にしてかぶりをふる。

同感だ。

こんな状態で、どうやって応対しろというのだろう。

二人は言葉もなく、一緒に綾子を見た。

綾子はなんだか、とても幸せそうだった。


「……まだ帰ってきていないのかな」

玄関で、少女は首をかしげた。

菜穂である。

もう一度、チャイムを押した。手にはみやげのケーキを提げている。

綾子もどこかに行ってしまって帰ってこないし、寂しくなって姉のもとを一人でたずねてきたのである。

「音が聞こえた気がしたんだけどな」

つぶやきながら、チャイムを押した。

何度も押した。

それでも中から反応はない。

「どこに行っちゃったんだろう……」

菜穂はため息をつき、ドアにもたれてしゃがみこんだ。

「暑い……」

ムシムシとした初夏の夕暮は、まだまだ明るいままである。

紫色の空を見あげ、少女は小さくため息をついた。

暑い夏が、はじまろうとしていた。

◉新人作品**大募集**◉

マドンナメイト編集部では、意欲あふれる新人作品を常時募集しております。採用された作品は、本人通知のうえ当文庫より出版されることになります。

【応募要項】 未発表作品に限る。四〇〇字詰原稿用紙換算で三〇〇枚以上四〇〇枚以内。必ず梗概をお書き添えのうえ、名前・住所・電話番号を明記してお送り下さい。なお、採否にかかわらず原稿は返却いたしません。また、電話でのお問い合せはご遠慮下さい。

【送付先】 〒一〇一-八四〇五 東京都千代田区神田三崎町二-一八-一一 マドンナ社編集部 新人作品募集係

痴女の楽園 美少女と美熟母と僕
（ちじょのらくえん びしょうじょとびじゅくぼとぼく）

二〇二一年二月十日 初版発行

発行◉マドンナ社
発売◉二見書房 東京都千代田区神田三崎町二-一八-一一
電話 〇三-三五一五-二三一一（代表）
郵便振替 〇〇一七〇-四-二六三九

著者◉殿井穂太【とのい・ほのた】

印刷◉株式会社堀内印刷所 製本◉株式会社村上製本所 落丁・乱丁本はお取替えいたします。定価は、カバーに表示してあります。

ISBN978-4-576-21004-9 ◉Printed in Japan ◉©H.Tonoi 2021